Suzushiro & Isshiki

「理不尽な恋人」

指が、俺の胸の先を摘んだ。

微かな痛みと共に、疼くような感覚が生まれる。

「私に抱かれるというのに、他の男のことを考えているかと思うと、腹が立つ」

「それとこれとは…」

「一緒だ。私の腕の中にいる時は、私のことだけ考えなさい」（本文P.195より）

理不尽な恋人

理不尽な求愛者2

火崎　勇

キャラ文庫

この作品はフィクションです。
実在の人物・団体・事件などにはいっさい関係ありません。

目次

口絵・本文イラスト／駒城ミチヲ

「愛してる」

銀縁の眼鏡《めがね》がよく似合う、クールな顔立ち。

「世界で一番とは陳腐だが、そうとしか言いようがない気持ちだ。君の全てが愛《いと》しくてたまらない」

オールバックにした髪、今は少し乱れて、一筋のほつれ髪が額にかかっている。それが妙に色っぽい。

「毎日その顔を見て、その声を聞いていたい。それだけが望みだよ。見かけは可愛《かわい》いのに、芯に秘めた強さも、潔い姿も、唯一無二の存在だ」

間近でこちらを見る瞳には、知性の輝きが見える。それも、かなりの。

「一日中一緒にいたいが、君のその小動物のような目が、肉食獣のそれに変わるのを見るのも好きだから、仕事を辞めろとは言えないな」

「言ったら別れますよ」

「だから言わないって言っただろう」

三十階建ての高層マンションの二十五階にあるこの部屋の主、それがこの歯の浮くようなセリフを真顔で口にしている男、一色冬理《いっしきとうり》だ。

彼と知り合ったのは、ほんの数カ月前のことだった。

彼の勤める城《しろ》の下《した》大学で起こった殺人事件がそのきっかけだ。

それは、大学教授が立て続けに二人も殺された事件だった。俺、清白恵一《すずしろけいいち》は警視庁の刑事として大学へ捜査に赴き、彼と出会ったのだ。

一色は最初からちょっと…、いや、とても変わった男で、出会ってすぐに俺を口説き、捜査協力する代わりに自分と恋愛しろと言ってきた。

もちろん、勤務中だし、自分の身体《からだ》を取引材料になんてするわけがないのでお断りした。

彼はからかいながらヒントをくれ、最終的には犯人逮捕に協力してくれた。

仕事の最中は完全に彼の好意を無視していたが、一色のお陰で事件が解決すればプライベート。俺は個人として彼の部屋を訪れ、彼の申し出に応えた。

自分もずっと好きだった、と。

俺は頭のいい人間に弱いのだ。

何でも要領よくこなし、知らないことはないというような彼に、最初から心惹かれていた。

そしてその時から、自分と彼とは恋人同士になったのだ。

大学教授と刑事。

それだけでもちょっと釣り合いが取れないのに、彼は元々アメリカの大学にいて、新種の有益な微生物を発見し、それを企業に売り付けて莫大なパテント料を得てるらしく（その仕組みは説明されたけれどよくわからない）、このマンションを見てわかる通りの大金持ちだった。

立地も、広さも、置かれている家具も、シンプルだけど高級品の匂いがする。

特に、天井から下がる黒いシャンデリアは、バカラだとかで、存在感ひとしおだ。

公務員の安月給の俺としては、ちょっと気後《きおく》れしてしまう。

「キスしていいか？」

でも、彼は金持ちであることをひけらかさなかった。

「今日は非番なんだろう？」

ひけらかさない、というよりそれが当たり前だという態度だった。自分が稼いだ金を使うのに、何の衒《てら》いがある？　稼いだ額に見合った生活は当然のこと。もしも貧乏だったら、喜んで節約にはげみ四畳半一間のアパートで暮らすね。という態度だ。

はっきりとしたその姿はいっそ清々しいほどだ。自信に裏打ちされた横柄なところも、嫌いじゃない。

それに、彼は俺の仕事を否定しなかった。

仕事をしている俺には一目置いてくれていたし、俺の仕事を立派だと思ってくれている。

「明日の朝までは自由です」

「では今夜は泊まっていけるね？」

「はい」

自由で、高慢で、それに見合っただけの中身を持っている男。

ちょっとおかしいけれど、実は何だか純情っぽいところもある。そんな一色を、俺は本当に好きだった。

今まで考えたことのなかった『男性の恋愛対象』にしてしまうくらい。

「ずっと君に会いたかった」

許可を得たキスをして、ソファの隣に座る俺に覆いかぶさる。

「いなかったのはそっちでしょう」

耳元に顔を埋め、耳朶《じだ》にキス。

彼の眼鏡が頬《ほお》に当たって、ちょっとひやっとする。

「今回はね。行きたくなかったんだが、弁護士との打ち合わせがあったので仕方がない」

「研究発表にアメリカへ行ったのかと思ってました」

「それもある。だが学会じゃない。弁護士に会いに行くと伝えたら、向こうの友人が学生に講義を頼むと言ってきたから、頼みを聞いてやったのだ」

友人。

この人を見下したような態度で、何か企んでいそうな口ぶりの男に、頼み事をしたり聞いたりする友人がいるというのはちょっとした驚きだった。

いや、アメリカの友人というなら、きっと欧米人だろう。

彼の態度は向こうの人には当たり前なのかも。

「だが、いつもは君の仕事が忙しくて会えないだろう？　その上一週間も連絡無しだったんだ。もう清白欠乏症で死にそうだ」

手が、俺のデニムの股間《こかん》に伸びる。

硬い布の上から、ムスコを撫《な》でるように触れてくる。

「大袈裟《おおげさ》な」

「大袈裟ではないさ。本当だ。君は私にとって必須なものになっているんだ。出会った時は可愛いだけだったが、今は必要不可欠なんだ」

やわやわとした手の動きは、もどかしい。

きっとそれが狙いなのだろう。

彼いわく、勤勉な俺が淫《みだ》れる姿が好き、だそうだから。

「人の出会いには、発酵と腐敗がある。君との出会いは私にとって発酵だった」

「発酵と腐敗？」

「どちらもモノを変質させる働きがあるが、発酵は有益で、腐敗は有害だということだ。食べ物が腐れば食べられなくなる、だが発酵すれば別の食べ物になる。より美味《おい》しくなることもあるだろう。そういうことだ」

…微生物学者らしい譬《たと》えなのかもしれないけれど、よくわからない。多分褒められているのだろう。

「じゃ、今一色さんはヨーグルトなわけですか？」

「せめてワインと言ってくれ。甘美な美酒だ」

雄弁だった唇が、耳から首筋に移る。

手はシャツの裾《すそ》をめくり、中へ入ってきた。

暑さの盛りを過ぎた季節なので、下着はつけていない。入り込んだ指先は直《じか》に肌に触れ、胸元へ上がってくる。

キスされながら胸を弄《いじ》られると、さっきもどかしい刺激を受けた場所へと熱が集まってゆくのを感じた。

覆いかぶさった彼の身体に押され、ソファに仰向《あおむ》けに倒される。

天井の黒いシャンデリアが目に入る。まだ早い時間なので、それに明かりは灯っていなかったが、下がっている黒いガラスが窓からの陽光にきらきら揺れていた。

この部屋は白と黒の物が多い。

今彼が着ているのも、白いシャツに黒のパンツという格好だ。モノクロが好きなのか、シロクロはっきりさせるのが好きな学者根性のせいなのか。

くだらないことを考えている間に、また深くキスされる。

「ん…」

経験値の少ない自分には、濃厚過ぎて戸惑うような舌を使ったキス。

股間に手を置かれた時より、こっちの方が危険だ。

何が危険と言って、この先へ進まれてしまうという『危険』だ。

泊まっていく、ということはベッドを共にするということとイコールのつもりで言ったのではなかったのに。

「…ここでするんですか?」

「刺激的でいいだろう?」

にやりと笑う顔。

やっぱり『する』つもりなんだ。

「汚れ…、ますよ」

せめてもの抵抗として発した言葉が、指が乳首を摘《つま》んだので一旦途切れる。それが、感じてますと白状したようで気まずい。

「汚れたら掃除すればいい。それだけのことさ」

この人が『そういうこと』の汚れを掃除する姿を思い浮かべ、似合わないなと苦笑する。

それに、前にソファを汚した時、彼は掃除ではなく買い替えを選んだくせに。

「それなら最初からベッドに行った方が…」

「積極的で嬉《うれ》しいね。だがキスしたら我慢できなくなった。取《と》り敢《あ》えず、もう少し君を味わってから移動しよう」

「まだ午前中ですよ?」

「昼でも夜でも、君が欲しいという気持ちに変わりはないさ。それに君は呼び出しが来たらいなくなってしまうんだろう?　だったら手に入る時に味わっておかないと」

彼が好きで、彼にこういうことをされることも覚悟はしているけれど、やはりまだ『あなたに抱かれるのが好き』とは言い難い。だから、一度彼に抱かれてから、暫《しばら》くこういうことは無しにしようと言っていたぐらいだ。

「アメリカでは、君のことばかり考えていた」

だがそう言われてしまうと…。

彼がアメリカへ行って、その間は会えないのだと実感した時、確かに自分も寂しかった。時差というだけでなく、俺の職業柄、電話でのやり取りはできない。何時《いつ》現場に出ているか、わからないから。

なので普段から連絡はメールでのやり取りが主流なのだが、会いに行ける距離でのメールと、会いに行けない距離でのメールとでは感覚が違う。

「清白」

受け入れるか、逃げるか、迷っている間にも彼の手は休むことはなかった。

胸をまさぐり、キスを繰り返し、気が付けばデニムのファスナーにも手がかかっている。

「せめてシャワーを…」

「君からは清潔な風呂上がりの匂いがする。ここへ来る前にちゃんとシャワーを浴びてきたんだろう?」

それはそうだが…。

「怖がらなくていい。とびきり優しくしてあげよう。ちゃんと色々調べもしたし、アメリカのゲイの友人にちゃんとノウハウも訊《き》いてきた。ああ、そうだ。その友人から筋肉弛緩剤《しかんざい》の入ったジェルを貰《もら》ったんだ。すぐに取ってこよう」

「き…、ジェ…。あの…!」

すっかり最後までする気になっている一色が、起き上がって身体を離した時、テーブルの上に置いてある俺のスマホが震えながら着信音を響かせた。

一瞬、二人の目が合う。

「退《ど》いてください」

俺は表情を変えず、彼は不機嫌な顔で。

わざとではないだろうが、電話と俺の間に立っていた彼を押しのけて電話を取る。

「はい、清白です」

電話の相手は、職場の先輩である綾瀬《あやせ》さんだった。

『非番のところをすまんな。今、一人か？』

「いえ、友人と一緒です」

流石《さすが》に恋人、とは言えないのでごまかす。

相手も性別を言わなければ恋人と言ってもいいのだが、そうなると色々訊かれたり、からかわれたりしそうなので。

『そうか、じゃあ詳しい説明は後だ。捜査本部が立ち上がった。説明があるからすぐに来てくれ』

「場所は？」

『白砂署《しらすな》だ。スーツじゃなくてもいいぞ』

「わかりました、白砂署ですね。すぐに行きます」

俺の『すぐに』、という言葉で一色はテーブルの上にあった彼のタバコに手を伸ばし、吸い付けた。

電話を切って、彼を見る。

「仕事です」

「聞いていた」

不満そうな声。

「すぐに行かないと」

「私はすっかり臨戦態勢だった」

「ごめんなさい」

男としてその辛《つら》さはわかるから、ここは素直に頭を下げる。

「だが最初の約束だ。文句は言うが仕事の邪魔はしない、とね。君の崇高《すうこう》なる職務はまっとうされるべき仕事だ。事件はまた殺人かね？」

「俺は一課の人間ですから」

警視庁捜査一課といえば担当は殺人と決まっている。

「でも守秘義務がありますから、何も言えません。それに、俺もただ『来い』と言われただけで説明も受けていないんです」

「簡単な事件だといいな」

彼はソファへ身を沈め、言葉と共に白い煙を吐き出した。

「君のためにも、私のためにも」

「遺族の方のためにも、です」

「会ったことのない人間の悲しみまでは抱えきれん。私にとって重要なのは、次はいつ君とセックスできるかってことだ」

「…露骨な」

「歯に衣着せてもしょうがないだろう。私は君以外の人間で抜くことができないから、妄想の中の清白しか相手にできないんだぞ」

露骨だ。

だが今度はそれを口に出して指摘しなかった。言えば何かもっとアブナイことを言われそうだったから。

「それじゃ、また後でメールします」

「ああ待ちたまえ」

スマホをポケットにしまって立ち上がりかけた俺の手を、彼が摑《つか》んで引き戻す。何だろうと顔を見ると、彼は真面目な顔で言った。

「清白も半勃《だ》ちだろう？　抜いて上げるから前を開けて」

「結構です！」

この人は…。

「だがそのままでは清白が辛いだろう。すぐに収まるとも思えないし、人に指摘されても困るだろうし」

からかってるのでも、意地悪をしているのでもないことは、もうわかっている。彼はこういう性格なのだ。

恐らく、本気で親切のつもりなのだろう。

だからと言って、それを頼むわけがない。

「トイレ、お借りします」

手を振りほどいてトイレに向かった時、背後から「それくらいさせてくれてもいいのに」という呟《つぶや》きが聞こえたが、それは無視した。

美しい内装のトイレで前を開け、彼によって変化をもたらされた場所を目の当たりにする。

俺は男で、今まで女性しかそういう対象として見てこなかった。

彼という男性を恋人にしたことは後悔していない。もしかしたら、自分が気づかなかっただけで、元々そういう性癖だったのかもしれないし。

けれど、選んだ相手が『一色』であることには、これからも時々後悔してしまいそうな予感がした。

あれが彼らしさだとしても。

それを嫌いになれないと思っていても……。

トイレでスッキリした後、リビングの彼のところへは戻らず「それじゃ帰ります」と玄関先で声だけかけてマンションを出た。

真っすぐに向かうのは捜査本部が置かれた白砂署だ。

白砂署は、都内でも有名な高級住宅地にある。

まだ話を聞いてはいないが、金持ち狙いの強盗致死だろうか？　所轄から上に上げてきて本部まで立ち上げるとなると、結構な事件なのだろう。

電車を乗り継いで到着した警察署は、少し古いがレンガタイルが一部に貼られている、なかなか洒落《しゃれ》た建物だった。

普通のビルと違うのは、建物の上から警察標語のたれまくが下がっているところだろう。

俺が正面玄関から入ってゆくと、軽装のせいか受付に立っていた警官にちらりと一瞥《いちべつ》された。

「ホンテンの清白と申します。捜査本部は？」

と訊くと、その表情が一変する。

エリートぶるつもりはないが、所轄の警官は本庁の刑事には一目置くものだと知っていて、名乗ったのだ。

でなければ、色々と面倒なことを言われそうなので。

「本郷《ほんごう》邸の殺人事件ですね？　二階の会議室になってます。張り紙出てますから、すぐにわかりますよ」

「ありがとうございます」

軽く会釈をし、示された階段を上る。

二階には、既に所轄と本庁の刑事が入り交じって雑談していた。

「清白」

名前を呼ばれて振り向くと、渋い大人の男といった感じの綾瀬さんが立っていた。

「電話もらってすぐに来たんですけど、もう説明終わりました？」

「いや、まだだ。解剖所見が届くのを待つってことになった」

「で？　内容は？」

本庁の刑事は当たり前だが俺のことを知っているのでスルーしてくれるが、所轄の警官達の中には明るい色のプリントTシャツにデニムという学生のような格好の俺に、何者だという視線を向ける者もいた。

綾瀬さんも、俺の服装を上から下まで見ると、そのことに触れた。

「そうやってると、大学生みたいだな」

「童顔だって言いたいんですか？」

「可愛い顔だと思われるんだからいいじゃないか。しかし、夏向きでさっぱりした格好だが、下で何か言われなかったか？」

「コイツなんだって目で見られたんで、相手が口を開く前に名乗りました。今は、こうして綾瀬さんが声をかけてくれるんで、もう何も言われないでしょう。今年入った新人だとは思われるかも知れませんが」

「甘く見られる方が動き易いってこともあるさ」

「わかってますよ。で、ヤマは？」

「殺しだ」

綾瀬さんがそう言った時、制服の二人組が階段を上って来るのが見えた。

面識のある、鑑識の人間だ。

綾瀬さんもそれに気づいて、俺の背中を叩《たた》いた。

「中に入ろうや。俺が話すよりちゃんとした説明を聞いた方がいいだろう」

廊下で立ち話をしていた者も、気配を察し皆が会議室へ入ってゆく。

俺は、悪目立ちしないように後ろの方へ席を取った。

それこそ、大学の講義を受講するかのように、全員が正面を向いて座る。

正面にはお偉いさんが並び、進行役の警官がマイクを握って小さく咳《せき》払いすると、一声発した。

「それでは、ただ今より本郷家連続殺人事件の捜査会議を始めます」

通常、殺人事件の捜査本部は遺体発見現場の所轄警察署に設けられる。今回この白砂署に置かれたということは、この近隣で遺体が発見されたということだ。

まずは所轄の刑事が、事件のあらましを説明し始めた。

事件は、昨日早朝、本郷重太郎《じゅうたろう》宅で次男の本郷修次《しゅうじ》（二十八歳）の遺体が発見されたところから始まった。

朝食の時間、起きて来ない修次を呼びに家政婦の田中千抄《たなかちさ》（二十四歳）が部屋に入ったところ、修次はベッドの上で首を絞められて亡くなっていた。

驚いた田中はすぐに年長の家政婦の松井《まつい》ミツ（六十四歳）に報告し、彼女が警察に連絡をした。

死因は紐状《ひもじょう》のもので絞殺されたことによる窒息死。目立った外傷はなく、抵抗した様子もない。就寝中、もしくはその前後に突然襲われたものと見られた。

本郷家は、元々大地主の家だった。

だが、時代と共に単なる土地持ちではいられず、切り売りを余儀なくされた。所持していた一等地にビルを建て、不動産業に乗り出したのは重太郎だ。お陰で現在は都内に五つの貸しビルとマンションを所有している、文字通りの大金持ちだった。

本郷重太郎（六十二歳）は妻を亡くして息子三人、娘一人と同居中。他に家政婦が二人、秘書が一人同居している。

最初の説明を聞いただけでは、強盗による殺害と思われたが、捜査本部のカンバンは『連続殺人』となっている。

つまり、これが初めての殺人事件ではなかったのだ。

最初の被害者は、今回の被害者の兄、つまり長男の本郷隆一《りゅういち》（三十二歳）だった。

今から一週間ほど前、本郷邸近くの路上で、血を流している本郷隆一を、近隣の住人が発見し、通報した。

こちらは刺殺。

死因は鋭利な刃物で腹部を何度も刺されたことによる失血死。

財布が残されていなかったことから、通りすがりの強盗殺人として処理された。

なので、その時には所轄で処理することになっていた。

だが今回の事件が起こった。

二つの事件に関連があるのかないのかはわからないが、同じ家の人間が二人立て続けに亡くなったことは見過ごすことができない。

そこでこれを『連続殺人』として位置付け、捜査本部が立ち上がることになったわけだ。

先ほど鑑識が持ってきた修次の遺体解剖の結果も、窒息死との判断だった。

体内に薬物の反応はなかったが、アルコールは残っていた。

血中濃度から泥酔に近い酔いだったろうということだった。つまり、もし犯行時に修次が起きていたとしても、抵抗は難しかっただろう。

防御創がなかったのはそれが原因かも。

どちらの場合も凶器は残されておらず、ナシ割り、つまり物的証拠から犯人を挙げるのは難しいだろう。

同時に、その共通点が、二つの事件を『連続』かもしれないと思わせた。

まさかとは思うが、本郷家にはあと二人の子供、三男の本郷啓三《けいぞう》（二十五歳）と、本郷優香《ゆうか》（二十四歳）と、本郷重太郎本人がいる。『もしも』この二つの事件が同一犯であるならば、次の事件があるかもしれない。

一通りの説明が終わると、次の作業だ。

「捜査の方針は、偶然による個別の犯行、同一犯による連続殺人の両方向からとする。野崎《のざき》、班分けしろ」

「はい。ではホンテン二宮《にのみや》と所轄小林《こばやし》、地取り。ホンテン神楽《かぐら》と所轄一条《いちじょう》、周辺聞き込み…」

次々と名前が呼ばれ、捜査が割り振られてゆく。

本庁が扱う事件なら、俺はいつも綾瀬さんと組んでいた。たたきあげの先輩は気の合う頼りになるパートナーだった。

だが所轄で起きた事件の場合は別だ。

ホンテン、つまり本庁の刑事と所轄の刑事が組むのが基本だ。

なので、同じ捜査一課の綾瀬さんではなく、今回の相棒は所轄の刑事だった。

「ホンテン清白、所轄森《もり》」

「はい」

「お前達は被害者家族への聞き取りだ。…何だ清白その格好は」

「今日は非番だったんです」

ジロリと目を向けられたが、事情を説明するとその目は同情に変わった。

「そうか。そいつは残念だったな」

ここにいる人間は誰しも、非番を潰《つぶ》される悲しみを知っているからだろう。

「あんたが清白くん?」

「はい」

「よろしく、俺が森だ」

そう言って斜め前から手を差し出してきたのは、綾瀬さんと同じように現場の長そうな年配の刑事だった。

いや、綾瀬さんよりは少し若いかな? 四角い顔に太い眉は精力的な印象だ。強面《こわもて》に見えるからこそ、浮かべている笑みが好ましく見える。

「こちらこそ、若輩者《じゃくはいもの》ですがよろしくお願いいたします」

大きなその手を握り返し、頭を下げる。

「すぐに聞き込みに、と言いたいがその格好じゃあなぁ…」

「すみません」

「いや、非番だったんだろ？　聞いてたよ」

「一旦アパートへ戻って着替えてきます」

「そうした方がいいな。本郷邸は恐縮するようなお屋敷だ。あんまり軽い格好だと舐《な》められるかもしれない」

よかった。

当たりの柔らかそうな人だ。

所轄と本庁は衝突しやすいと言われているが、この人となら上手くやれそうだ。

「じゃ、俺は資料整理してここで待ってるよ。一応ネクタイ締めてきてくれ」

「はい」

挨拶《あいさつ》もそこそこに、俺は解散してゆく人々の群れを抜け、外へ向かった。

午後の日差しはまだ強く、建物の中は結構クーラーが効いていたのだと知った。

「長い仕事になりそうだなぁ…」

犯人の目星のつかない事件に、俺はポツリと零《こぼ》した。

暫くは、一色と会うことはできないだろう。そしてそれはきっと、彼の不興を買うことになるだろう、と。

家に戻ってスーツに着替えてから捜査本部へ戻ると、森さんは会議室で捜査資料に目を通していた。

「スーツ着ても子供っぽいなぁ」

若いとか細いとは言われたことはあるが、子供っぽいと言われたことはあまりなかった。

「子供っぽいですか？」

「いや、まあいいだろう。質問は俺がするから、あんたは黙ってメモでも取っててくれ」

「…はい」

「ちょっと怪しい雰囲気になったら、笑って入ってきてくれればいい。あんたは人に好かれそうなタイプだし、向こうには若い家政婦もいるしな」

にこにこと笑ってはいるが、その態度は舐められてる感じがする。

最初に言葉を交わした時に、当たりが柔らかいと思ったのは、子供扱いされていただけかもしれない。

だが険悪よりはいいか。

自分をそう納得させて、俺は森さんと一緒に車ですぐ近くの本郷邸へと向かった。

「本郷重太郎の人となりはもうわかってるんですか？」

ハンドルを握るのは当然森さんだ。

「いや、まだだ。何にもわからん。だが金持ちだからな、金儲《もう》けの上手い、肉食的な感じなんじゃないのか？」

「切り口としてはどこから？」

「怨恨《えんこん》と不審人物の心当たり、だな。金持ちってのはそれだけで人に狙われるもんだ。ま、会ってみれば糸口も見つかるだろう」

森さんはそう言って肩を竦《すく》めた。

事前準備をするタイプじゃないようだ。ではこちらはこちらで考えておこう。必要なければ黙っていればいいことだし。

到着までの短い間、俺は捜査会議で聞いた本郷のことを思い返した。

代々の金持ち。けれど一族というほど親戚がいない。遠い親戚はいるようだが、戦争の時に一族の大部分の人間が亡くなったのだそうだ。

空襲で、というのもあるが、殆《ほとん》どは戦地でだ。

金持ちは色々理由をつけて兵役を逃れられたはずだが、男は殆ど志願していた。しかも、望んで戦闘の激しい場所へ赴き、亡くなったのだ。

よほど愛国心の強い一族だったのだろう。

そんなわけで、親戚はとても数が少ない。

現在、本郷本家を名乗るのは重太郎とその子供達だけ。

遺産を狙うなら、一番に狙われるのは現在の当主の重太郎だろう。だが殺されたのは彼の長男と次男。

もし遺産狙いならば三男と長女が怪しい。権利がある妻はとうに亡くなっているし、無駄に権利を主張しそうな重太郎の兄弟もいない。弟がいたが、それもとうの昔に亡くなっている。

無駄、と言ったのは、財産は横には流れないからだ。同居していたとか、何らかの深い関係があるとか、遺言がなければ、財産は縦、つまり親子にしか行かないので。

あと可能性があるとすれば内縁の妻、愛人、その子供だ。

遺言状があって、赤の他人でも財産を受け取る可能性があり、本人がそれを知っているのなら、それも考えるべきかも。

後は長男次男の個人的怨恨だが、そこまで考えた時、車が停まった。

「着いたぞ」

森さんの言葉に車を降りると、そこは大谷石《おおやいし》の壁に囲まれた広大な敷地だった。

「古臭いなあ」

と森さんが言ったのは、最近大谷石を使った塀が少ないからだろう。大谷石は脆《もろ》いからと、敬遠する人が多いらしい。

だが、立派なものは立派だ。そしてその黄味がかった石の向こうには塀よりも背の高い木々が、丸く刈り込まれて並んでいた。

「これじゃ、中で何があっても外からは見えないな」

「ですね」

車を停めたのは、大きな木の門の横だった。この木の門も、造りの凝った鉄の飾りが嵌《は》められているが、扉自体は風雨に晒《さら》されて色が落ちている。

昔は大層羽振りがよかったが、今はそういうことに金をかけないということなのか、古い物を大切にしているということなのか。

門の上には、防犯カメラらしいものが見えた。

「インターフォンを押せ。清白の方が若くて受けがいいだろう」

「はい」

言われてインターフォンを押し、「警察です」と名乗ると、すぐに男の声で返事があった。

『今開けますので、お待ちください』

ここで働いているのは家政婦が二人。男の声ということは息子か？　いや、確か秘書が同居していたはずだ。名前は、広瀬《ひろせ》と言ったか。きっとそちらだろう。

待っていると、やって来たのは若い家政婦で、俺達が車で来ていると知ると、そのまま玄関までどうぞと言ってくれた。

再び車に乗り込み、玄関まで乗り付ける。

大きな屋敷だった。

外の門から想像していたのは、古臭い日本家屋だったのだが、実際はキュービックというか、四角を幾つも付け合わせたような、ある意味モダンな建物だった。もっとも、大きさは半端なかったが。

屋敷では、年かさの家政婦の松井ミツが待っていて、警察という言葉に怯《おび》えているのか、こちらとは目を合わせないようにしながら、応接室まで案内してくれた。

「家政婦への聞き込みは？」

「後でいいだろう。まず重太郎だ」

応接間は広く、中央にメインの大きなテーブルとソファが置かれ、部屋の四隅にも小さなテーブルと椅子《いす》が置かれている。

壁には、ガラスの嵌まった大きな棚が置かれていて、中には名前も知らない高級そうな洋酒の瓶が並んでいた。

天井からはシャンデリア、壁には美しい絵画。全体的に欧風な印象だ。

「ご家族と話がしたいんですが、呼んでいただけますか？」

森さんが言うと、松井さんはすぐに姿を消した。

部屋の広さと、座らされたソファの柔らかな座り心地が、ちょっと落ち着かなくさせる。

「清白。俺が先に質問していいか？」

「もちろん」

俺のことを子供扱いしているのだとしても、こうして断りを入れてくれるのは、彼が好ましい人物だという表れだろう。

まず最初に松井さんが俺達にお茶を運んでくれ、続いて若い男が姿を見せる。この家の若い男は、三男の啓三か、秘書の広瀬しかいない。

明るい色のジャケットと腕に嵌めた高級時計から、尋ねるまでもなく、この男は啓三だろうと察せられた。

「どうも。今回は何のようです？」

二十五歳ということだから、俺と同じぐらいか。

「どうも、白砂署の森と言います。こちらは清白」

一緒くたに説明されたので、俺も白砂署の刑事に見られたかな？

「本郷…、啓三さん?」

「そうですよ」

啓三は俺達の正面に座ると、足を組んでタバコを取り出した。銘柄はジタンだ。

「アリバイとか聞きたいんでしょう? 修次兄さんが亡くなった時に何をしていたか。どこにいて、何をしていたのか、それを証明できる人はいるのか。隆一兄さんが亡くなった時に聞かれたので学習しました。でもね、残念ながら答えはロクなもんじゃないんです」

彼が言う通り、長男の殺人の際に色々訊かれて肝が据わったか、兄の死を哀しんでいないのか、彼の態度は『遺族』というのにはほど遠かった。

「答えられないってことですか?」

「いいえ。答えても答えなくても一緒ってことですよ。一昨日の夜は夕食を七時に摂《と》って、その後は自室にいたんです。夕食には修次兄さんも同席してました。だから…」

言葉の途中で部屋のドアが開く。

入って来たのは、黒い服を着ているのに派手な印象のある女性だった。

はっきりとした目鼻立ちなのに濃い化粧をしているせいで、作られた人形のような顔に見えるが、眉の形が啓三とそっくりだ。

これが長女の優香か。

「…修次兄さんが生きてる姿を見せてた時間から遺体が発見されるまで、俺は部屋で一人きりで、それを証明できる人間がいないんですよ。もっとも、それは優香もそうでしょうけど」

彼女は啓三の隣に腰を下ろしたが、自分の名前を呼ばれると、兄と同じ形の眉をクッと上げた。

「私は友人と電話をしてたわ。兄さんみたいにお酒を飲んでたわけじゃないわよ。そろそろお寺へ行く時間なのに、まだそんな格好をしてるの？　喪服に着替えてらしたら？」

ああ、そうか。

ここに来た時から妙な違和感を覚えていたのだが、それはそれだったか。本郷修次が殺されたのが昨日の深夜。

本来なら自分達は葬儀の席を訪れるはずだ。なのにこの家には葬儀の『そ』の字も気配がない。

「警察から遺体が帰ってきてないんだろ？　それならまだ行ったって仕方ないじゃないか」

「もう帰ってきてるわよ。松井さんが電話を受けたと言ってたわ。直接葬儀場に運んでくれたって」

「へぇ、じゃあそろそろ俺も着替えるか。優香、その服はダメだぞ」

「どうして？」

「襟のところにビーズが付いてる。そういうキラキラしたのは葬式の席では禁止なんだ。隆一兄さんの時に着てたのにしろよ」

指摘されたビーズを見て、彼女の赤い唇が歪《ゆが》んだ。

「…行き掛けにどこかで買って着替えるわ」

今、『隆一兄さんの時に着てた』ものがあると言われたのに、彼女は新しいものを買うと口にした。何故だろう?

その時、今度はちゃんとノックの音が響いてからドアが開いた。

「父さん」

「お父様」

二人がそう呼ぶのを聞くまでもなく、現れた黒いスーツに身を包んだ車椅子の老人が本郷重太郎であることはわかった。

憔悴《しょうすい》しきったように悪い顔色とこけた頬。皺《しわ》は老人として当然なのだろうが、その刻まれ方は疲労と苦悩を表していた。

黒いスーツが少しダブついて見えるのは、彼が短い間に急激に痩《や》せ衰えた証《あか》しだろう。息子二人の死は、彼に深い悲しみを与えたに違いない。

車椅子を押している若い男性も黒いスーツを着ていたが、啓三と優香はその存在を無視していた。彼が秘書の広瀬だろう。

穏やかで気の弱そうな顔つきだが、その扱いには慣れているのか、無表情のまま車椅子をソファの横へ寄せた。

「御足労いただいてありがとうございます。警察の方だそうで」

か細い声に、森さんも勢いを削《そ》がれたようだ。

「いや、こちらこそ。お忙しい時にお邪魔して申し訳ないです。本郷重太郎さんですね？」

「はい。息子達の無念を晴らすためのお仕事ですから。こちらからお願いしてでも来ていただきたいところです。度重なる不幸で少し身体を壊してしまいましてな。このような姿で失礼いたします」

「お察しいたします」

本郷は自分の左右に付いた子供達を見ると、座れと目で促した。

「お前達、自己紹介はしたのか？」

「僕はしましたよ。優香はまだですが」

「あら、兄さんがお話し中だったから、邪魔をしちゃ悪いと思って控えてただけよ。初めまして、本郷優香です」

どうやら彼等は父親の前では『いい子供』を演じているらしい。態度が先程までと全く違っている。

「後ろにおりますのが、私の秘書の広瀬です」

「広瀬祐一《ゆういち》と申します」

「他に家政婦が二人おりますが、呼びましょうか?」

「いえ、それはまた後で」

「そうですか。で、何かわかりましたか?」

「いや、まだです。葬儀はご自宅では行わないんですか?」

「会社関係の人間など、参列者が多いものですから別に場所を借りました。殺人の現場である家に、他人が多く出入りするのは捜査の妨げになるかとも思いまして」

「ご配慮、感謝します」

森さんと本郷が会話している間に、秘書の広瀬は一人掛けのソファを横へ退け、そこへ車椅子を落ち着かせた。

俺の前に優香、森さんの前に啓三、啓三と森さんの間に本郷という座り位置だが、広瀬は車椅子の背後に立ったまま、腰をおろさなかった。

「そろそろ葬儀場へ行かなければならないので、長くお時間は取れませんが、よろしいですかな?」

「お手間は取らせません」

森さんはそう前置きすると、精力的に質問をぶつけた。

「お悲しみの最中に不躾《ぶしつけ》な質問だとは思いますが、近ごろ修次さんに変わった様子はありませんでしたか?」

「特には。お前達、何か聞いていたか?」

子供二人は首を横に振った。

「一人減って財産の分け前が増えるって言ってたから、隆一兄さんの事件の犯人じゃないかって疑ってたぐらいですよ」

軽口を叩く啓三の脇腹を、父親からは見えないように優香が肘《ひじ》で小突く。

「その修次さんが亡くなられて、お二人の相続分はさらに増えたわけですな?」

森さんの言葉に、優香はそれみたことかという顔をした。

「ええ、そうなりますわね。でも、二人が三人でも、結構な額ですから」

「皆さん、昨日の午前零《れい》時から二時までの間、何をしてらっしゃいましたか?」

「それが修次兄さんの死亡推定時刻ですか?」

「…ええ、まあそうです」

口の軽い啓三に、森さんは少しやりにくそうだ。

「でもね、刑事さん。普通の人間はそんな時間、寝てると思いません？　その時間に確たるアリバイがある方がおかしいですよ。用意してたみたいで。ああ、俺は酒を飲んで寝てました」

自分のアリバイを口にしてから、彼が妹を見る。

「…私は友人と電話をしてましたわ」

「夜中に？」

「だって、向こうからかかって来たんですもの。そりゃちょっと長話にはなりましたけど」

「何時までです？」

「時計は見てませんでしたけど、一時か二時ぐらいだと思います」

さっきは『自分は友人と電話をしていた』ということが免罪符になるかのように振る舞っていたが、啓三の言葉が引っ掛かったのか、語気は少し弱かった。

「本郷さんは？」

「私は夜十時に床に入りました。隆一のことがあってから、疲れやすくなってしまって」

「広瀬さんは？　こちらにお住まいなんですよね？」

視線を向けられ、広瀬は一度こくりと頷《うなず》いた。

「社長がお休みになられたのを確認してから自室に戻り、仕事をしてました。ベッドに入ったのは十二時前です。証明する人間はおりません」

淀《よど》みのない答えは、用意していたからか、秘書という職業柄か。

「隆一さんと修次さんの共通の友人とかおられたんですか？」

「いないと思うよ。二人共、あまり仲がいいとは言えなかったから。もっとも、それは兄弟全員に言えることだけどね」

「皆さん仲がよくない、と？」

「この歳だもの、お手て繋《つな》いでとはいかないさ」

更に、森さんは質問を続けた。

最近不審な人物が家の周囲をうろついていなかったか。二人だけでなく、この家に恨みを持つ者に心当たりはないか。夜の防犯はどうなっているのか。死亡推定時刻に不審な物音を聞いた人間はいなかったか、等々…。

定番とも言えるその質問には、代表して啓三が答えた。

曰く、不審人物など見ない。恨みを持つ者はいるかもしれないが気にしていない。夜も昼も、警備会社のシステムを信用しているから気にしていない。夜中の物音は寝ていて気づかなかった。

手応えのある回答は一つもなかった。

ただ、門で見た防犯カメラは映像をパソコンに保存しているということなので、後で提出してもらうことになった。

「それでは…」

「社長、そろそろお時間です」

まだ質問しようとする森さんの言葉を遮って、広瀬が言葉を挟む。

「大変申し訳ございませんが、葬儀会場へ参りますので」

彼は申し訳ないなどと少しも思っていない顔で言った。滞在時間は短すぎるが、そう言われては、何も言えない。

「また後日来訪してもよろしいですか?」

と訊くのがせいぜいだ。

子供二人はうんざりという顔をし、広瀬は無表情、本郷だけが力無く頷いた。

「いつでもどうぞ。私は疲れました。暫く自宅で仕事をする予定です。犯人逮捕のためなら、何でもします。ですから、何かわかったら私にも教えてください」

可哀想に。

子供が自分より先に逝《い》くのはどんな親でも辛いだろう。なのに彼はその悲しみを二度も味わされたのだ。しかも事故とか病気という穏やかな理由ではなく、殺人という敵意で。

「では、今日のところは失礼しよう。清白」

結局、俺は何も口を挟まなかった。

まだ全容がわからなかったこともあるが、今日のところは森さんを立てておいた方がいいだろうと思って。

「君、全然喋《しゃべ》らなかったねぇ。殺人なんておっかない話、苦手かい？」

歳より若く見られたのだろう、最後に部屋を出る時、啓三が俺にそう声をかけた。

これから兄の葬儀へ向かうというのに、にやにやとした笑みを浮かべながら。


「チグハグな家族でしたね」

車に戻り、エンジンを掛けると、俺は森さんに言葉をかけた。

「ああ。家族が死んだってのに、悲しんでるのは父親だけみたいだった。可哀想に、事前に入手してた写真じゃあんなに痩せてなかったのに」

「森さん、お子さんいるんですか？」

「一応な。あんまり懐いてくれないが、娘が一人いる」

父親か。だとしたら『子供の死』は他人事《ひとごと》ではないだろう。

「署に戻って、少し検討するか？」

「ですね。葬儀の現場に行って質問するわけにもいきませんし」

「あっちにはガイシャの人間関係を調べろって言われた奴らが行ってるだろう。…おっと、しまった」

「どうしました？」

ハンドルを握りながら、森さんは頭を掻《か》いた。

「家政婦に会うのを忘れた」

「思い出しても時間がありませんでしたよ」

「それもそうだな」

「それより、俺は今日からの参加なので、長男の隆一の事件についてもっと教えていただけませんか？」

「そうだな。お前さんは勇み足の激しいタイプじゃないようだから、教えても大丈夫だろう」

「勇み足？」

「前に組んだ新人は、刑事ドラマの見過ぎで、知ってる事実をチラつかせて相手の自供を誘うってのにハマってたんだ。お陰でやり辛かった」

「…ご愁傷様です」

「やっぱり、本庁のデカさんは違うな」

その言葉に厭味《いやみ》がないので、俺は笑って受け流した。

白砂署に戻ると、森さんは小会議室へ俺を連れて行き、パソコンを立ち上げた。

昔ならば山ほどのファイルを持って、というところだろうが、今はこの小さな箱に全てが入っている。

森さんは、ナワバリ意識がなく、俺がそれを扱うことを許してくれた。もっとも、椅子を並べて隣からじっと画面と俺の手を眺めていたが。

現場写真、鑑識報告、目撃情報、関係者のアリバイ。

腹部を複数回刺された上での失血死。凶器は長めのナイフで、おそらく狩猟などで使われる外国製のものだろう。お屋敷町故に人通りが少なく、目撃者はいない。犯行時刻は深夜だったので、友人と飲みに行っていた啓三以外、関係者は皆就寝中だった。

所見では、『流しの物取りの犯行では?』と書かれている。

「捜査会議であらかた説明していると思うが、何か他に知りたいことがあるか?」

「連続殺人と決めた理由は何ですか?」

「決めたわけじゃない。会議でも言ってただろう?　短い間に同じ家の人間が二人も立て続けに殺されたから、関係が『あるのかもしれない』と考えただけだ。それに…」

「それに？」

「どちらの事件にも強い殺意が感じられる」

なるほど。

腹部を複数回刺したことといい、家の中まで侵入して首を絞めたことといい、最初から殺すつもりだったとしか思えない。

「本郷の資産は？」

「都心の一等地にビルだからな。数十億はくだらないだろう。娘が言ったように、四人全員が生きてたって一人頭十億以上手にしてたはずだ。相続税を払ってもな。だが…、十億もらえれば十分ってのは俺達庶民の考えだ。金持ちは、十億が二倍、三倍になるなら、そっちの方がいいと考えるかもしれない」

「森さんはあの二人が怪しいと思ってるんですか？」

俺は今日資料を見たばかりだが、所轄の森さんは事件が起こった当初から事にあたっている。何か感じるものがあるのかもしれない。

「本当のことを言うとな、最初の事件、隆一が殺された時、俺は次男の修次が怪しいと思ってたんだ」

森さんは口をへの字に曲げながら語った。

「家を継ぐってことになれば、次男にとって長男は邪魔だ。遺産は平等に分けられても、会社を継ぐことができるのは一人だろう。社長の椅子は一つしかないんだから。それに、啓三が言っていたように、修次は兄貴が殺されたことを喜んでるフシがあった」

「分け前が増える、というやつですね？」

「ああ。人前でぽろりと零《こぼ》して、妹にたしなめられてたよ。それに無類のギャンブル好きだったようで、競輪、競馬、競艇、パチンコ、何でもござれだった。そっちは別口だから俺は深く突っ込まなかったが、どうやら非合法のカジノにまで顔を出してたらしい」

だが彼がアタリをつけた修次も殺されたわけだ。

「次男はギャンブル好き、ですか。三男の啓三はどうやら酒好きみたいですね。証言が前回も今回も『飲んでた』ですから」

「ああ。前回は六本木《ろっぽんぎ》のクラブで夜明かしだ。だが、途中女を連れて席をはずしてる。女の身元は不明だが、『よろしく』やるためにホテルへ行ったそうだ」

「裏は？」

「取れてる。フロントは確かに女と啓三が入ってゆくのを確認したし、ホテルの防犯カメラにも映ってた。だが、裏口から出て行くってこともある」

修次が殺されて、森さんの疑惑は啓三に移ったってことか。

「優香はどうです？」

「女の細腕じゃ兄貴の首は絞められないだろう？」

「共犯がいれば可能です。家人に内緒で、共犯者を招き入れれば」

「ああ、そうか。だがそれはきっと別のやつが調べてるだろう」

それもそうか。

「今日遺体が戻ったんなら、今夜は通夜、明日が本葬か。聞き込みに行けるのは明後日になりそうだな」

「それまで、もう少し周辺捜査しておきますか？　残された者の経済状態とか、家政婦達と本郷家のかかわりとか」

「そうだな。ところで、清白はパソコン得意か？」

「まあまあ」

「よかった。俺はあんまりなんだ。ファイルを見るぐらいしかできなくてな」

「何だったら、お教えしましょうか？」

俺の言葉に森さんは身を乗り出した。

「よかったら頼むよ。娘にバカにされない程度になりたいんだ」

「わかりました。それじゃ、まず殺された二人のＳＮＳから見てみましょうか」

「エス…？」

「ソーシャル・ネットワーキング・サービスの略です。フェイスブックって聞いたことありますか？」

「ああ」

「そういうもの、ですよ。ネットの中のコミュニティです」

「コミ…集まり、か」

「そうです。じゃ、検索してみましょう」

彼の態度を微笑《ほほえ》ましく思いながら、俺はキーボードを叩いた。

少しは有益な情報が出て来るように、と願いながら。


個別事件と連続事件の両方の線で動き出した捜査本部は、いつの間にか連続殺人の方へ傾いていた。

理由は、捜査本部まで立ち上げたから、というのもあるが、二つの事件が短い間に連続して起こっていることと、修次の殺人が自宅で行われたからだ。

自宅で行われた、ということは家の構造に詳しい人間、もしくはそれを調べた人間の犯行ということになる。

もしも個別であるのなら、兄が殺されたすぐ後に、どうして弟まで殺されたかという説明ができないからだ。

怨恨なら、もっと早くに行われていてもよかったはずだし、もっと遅くてもいい。わざわざ兄が殺されて警察がうろうろしている今、やる必要はないだろう。

そうなると、隆一の殺害方法が刃物で複数回刺されている、というのも深い怨恨があるから、と思える。

「顔見知りの犯行と断定していいと思います」

何度目かの捜査会議の席上で述べられた考えに、反対する者はいなかった。

「隆一の事件では、夜中の犯行。もし見知らぬ人間が近づいてくれば隆一だって警戒して逃げたはずです。何より、修次の犯行は家人、もしくは家人の協力、あの家に来たことがある人間でなければできなかったと思います。あの広い屋敷で、真っすぐに修次の寝室へ向かったんですから」

流しの犯行説で動いていた刑事は、もう自分達が動く必要はないでしょう、とばかりに言った。

「確かにな。それで、二人が亡くなって利益を得る者は出たか？　啓三と優香の他に、だ」

「それぞれに小さなトラブルは抱えてましたが、二人で同一人間相手の、というのはありませんでした」

議事進行役の管理官が先を、と目で促す。

「本郷邸の他の住人ですが、秘書の広瀬は天涯孤独です。両親は彼が大学生の時に事故で亡くなってます。本郷家との姻戚《いんせき》関係はありません。秘書としての働きを認めて、重太郎が自分の個人秘書にしたようです。勤務態度は良好、評判も上々です。年配の家政婦の松井は、家政婦協会からの派遣だったのが、やはり気に入られて個人で雇われることになりました。勤勉で、彼女も本郷家との姻戚関係はありません。若い方の田中千抄は、去年から働き始めたばかりで、家政婦協会からの派遣で、まだ会社に席を置いています」

「田中も姻戚関係はナシ、か」

「はい」

次、というように管理官の視線が動く。

「本郷家の血縁ですが、財産相続に関与できる者はいません。佐藤高一《さとうこういち》という重太郎の従兄弟《いとこ》が一人いますが、これは早々に財産分与を受けて、別の会社を経営してます」

「会社の経営状態は？」

「清掃会社ですが、良好です。本郷の持ちビルの清掃も引き受けてます」

「女房の実家はどうだ？」

問われて、また別の者が立ち上がる。

「それが…」

立ち上がった者が一瞬口ごもったので、管理官はふっと顔を上げた。

「何だ？」

「亡くなった利佳子《りかこ》は、その従兄弟の妹だったんです。つまり、本郷の従姉妹《いとこ》ってことです。なので実家はその兄一人、ということになります。つまり、女房の親戚イコール本郷の親戚ってことで、関係者は兄一人です」

捜査対象者が少ないのは仕事が楽でいいが、少なすぎるのも問題だ。

隆一の時には友人関係も含めて、多くの対象者がいたらしい。

隆一は父親の会社の跡取りと目され、三十代で専務の肩書を得ていた。

仕事は有能の部類に入っていたらしいのだが守銭奴といえばいいのか、金に執着が激しく、金銭関係のトラブルが多かった。

ビルの借り主と家賃のことで揉めたり、出入りの業者と支払いのことで揉めたり。しかも彼には恋人がいたのだが、その女性が彼の守銭奴ぶりに嫌気がさして別れると、彼女とその新しい恋人に慰謝料を請求したらしい。

だが、修次は父親の会社には勤めておらず、借り主や業者とは面識がない。

兄の元恋人とは面識はあっただろうが、兄と折り合いが悪かった修次は、兄が女に捨てられたと喜びこそすれ、相手の女性をどうこうする理由もない。

修次の事件を単独だと思えば、彼はギャンブル絡みでのトラブルがあったようだが、隆一は全くギャンブルには手を出していなかったので、そのことで隆一が殺されたということもないだろう。

「結局、残ったのは父親と残された子供二人か…。森、清白、そっちはどうだ?」

名指しされて、森さんが立ち上がる。

「父親である重太郎は、息子二人の死に対してショックを受けているようです。随分と憔悴しきって、哀れなほどでした。三男の啓三は酒びたりで、金のためにという可能性は捨てきれません。優香の方は、友人の証言で、『結婚したら財産が手に入らないかもしれないから、父親が亡くなるまで結婚しない』と言っていたそうで、彼女も金銭に執着はあるようです」

葬儀が終わった翌日、俺と森さんは再び本郷邸を訪れた。

葬儀は済んでいるのにまだ喪服に身を包んでいる重太郎氏とは対照的に、子供二人は随分派手な格好で俺達を迎えた。

それだけでクロとは言えないが、あまりいい印象は抱けない。

むしろ、控えめで堅実そうな秘書の広瀬の方が好印象だった。

広瀬は、当たり前だが常に一歩引いていて、必要以上のことを口にしなかった。

彼を疎んじるような態度の啓三と優香に対しても、礼儀正しく接していた。

本郷が、自分の子供ではなく広瀬に車椅子を押させているのは、そんなところも理由かもしれない。

「家政婦の松井は口が堅く、故人についても残った家族についても、あまり話は聞けませんでした。けれど、若い田中の方は、突つけば何か喋ってくれそうです」

「田中もあの家に住んでるんだろう？　個別に訊くのは無理じゃないか？」

「はい。なのでできれば、所属する家政婦協会の方から呼び出してもらって、一人になったところで話を訊こうと思ってるんですが…」

「いいだろう。ではそうしてくれ。凶器の方の捜索はどうだ？」

質問が別の者に移ったので、森さんはどすんと椅子に腰を下ろした。

家政婦協会を使う、という案が通ったので、ほっとした表情だ。

「付近を捜索しましたが、未だに見つかってません。犯人が持ち去ったとみるべきでしょう」

「首を絞めた紐はありきたりのものだが、ナイフの方は特徴的だろう。販売ルートとか、たどれないのか?」

「型の特定に至ってないものですから…」

「仕方ないな…」

捜査は、地道なものだ。

可能性を全部挙げて、一つずつ潰してゆく。

遠回りのように見えて、それが一番確実なのだ。

ハイテクだのデジタルだのと言ったって、結局犯罪立証の決め手は、凶器と目撃者という何百年も何千年も前からあるものが一番なのだ。

ただそれに手が届かない時に、情況証拠として、動機とかアリバイとかを併用する。

今回は、凶器の発見ができていなかった。目撃者もいなかった。だから、別のものを一つずつ考えて行かなければならない。

だが、長い捜査会議が終わっても、得るものは少なかった。

「清白」

解散してゆく警官達の間から、耳慣れた声が俺を呼ぶ。

「綾瀬さん」

捜査一課の先輩だ。

綾瀬さんの隣には、少し神経質そうな眼鏡の若い男が立っていた。彼が、今回の綾瀬さんの相棒だろう。

「家族のアタリ、お前達がやってるんだろ？」

「はい」

綾瀬さんの言葉に返事をしながら、俺は隣の男性に軽く会釈した。

「綾瀬さん達は？」

「修次の交友関係を当たってる。ああ、こっちは…」

「所轄の飯田《いいだ》です」

森さんとは顔見知りらしく、「参りましたね」と声をかけていた。

「ロクでもない一家だな」

「口が過ぎますよ」

「だがそう思うだろ？　金の亡者にギャンブル、酒飲み、浪費家」

「浪費家？」

「娘の優香だよ。本郷のカードで買い物三昧《ざんまい》さ。俺達は本郷家の金の流れを追ってるんだが、本郷自身はあまり金を使わないのに、息子達は使う一方だ。亡くなった隆一だけが稼ぐ方に熱心だったみたいだが」

前に着た喪服を着ず、新調すると言っていた優香の言葉を思い出すと、なるほどと頷けた。

「秘書の広瀬は真面目だそうだが、息子じゃなきゃ関係ないしな」

「血縁、全然ないみたいですしね」

「ああ。…そういえば、お前、あの一色って学者先生と友達になったんだろ?」

突然一色の名前が出て、俺はドキリとした。

「え? ええ。それが何か…?」

別にやましいことがあるわけではないが、関係のない時に話題に出されると、何か言われるのかと勘ぐってしまう。

「いや、ほら。あの先生、頭がいいから、何かまた考えつくんじゃないかと思ってな」

「あれは一色さんの学内で起こった事件だから察しがついたんでしょう。こんな無関係な事件じゃ、推理も何もないですよ」

「それもそうだな」

関係のない一色の名前が出るぐらい、捜査に手詰まり感を覚えてるのかな。

それで俺は思い出した。

ここのところ、仕事が忙しくて、一色と疎遠になってることを。

あの日、顔も見ずに出て行ったことを怒ってるだろうか? 会いたいという気持ちはあるのだけれど、仕事優先と思うと足が向かない。行けば、引き留められる気がして。

綾瀬さんじゃないけど、一色だったらこの事件をどう思うだろう？

予期せぬところで彼の名前を聞いて、顔が見たいという気持ちが湧《わ》いてきた。仕事中だというのに…。

「森さん、飯田さん、新しい捜査対象、出ましたよ」

階段を駆け上って来た若い警官が、森達の名前を呼んで近づいてくる。

「誰だ？」

「元店子《たなこ》の福沢《ふくざわ》って男です。隆一とトラブって、ビルを追い出された時、本郷の家全てを呪ってやるって周囲に漏らしてたらしいです」

俺は綾瀬さんに会釈して離れ、今の自分のパートナーである森さんに近づいた。

「本郷家に行って、訊いてみますか？」

「いや、少しその福沢ってのを調べてからにしよう。質問の手札がなけりゃ攻めるに攻められないだろう」

「わかりました」

糸口が見つかったなら、一色に頼らずに済むだろう。

思い出したら急に、会いたいという気持ちが募ってしまう。

「じゃ、パソコンで調べてみましょうか。今日は、森さんが調べてみてください」

「…手伝えよ？」

「もちろんです」

小会議室へ向かおうとした時、携帯電話が鳴り俺はポケットからそれを取り出した。着信は通話ではなく、メールだった。

「新しい情報か？」

画面を見つめる俺に森さんが声をかけるから、慌ててポケットに携帯を戻す。

「いえ、友人です。気にしないでください」

以心伝心、というのだろうか、メールは一色からのものだった。

『そろそろ清白欠乏症だ。食事をするだけでいいから時間が作れないかい？』

短い文面に、心の中で苦笑する。

まるでこちらの心を読んだようだ、と。

でも俺にはまだまだすることがあった。

「森さん、秘書の広瀬の父親、借金あったらしいですよ。それを本郷が肩代わりしたって話が出ました」

また新しい情報を持って、一人の警官が駆け込んで来る。

「何だよ、捜査会議の前にわかんなかったのか？」

「無理言わないでくださいよ。広瀬の実家の長野《ながの》まで行ってきたんですよ」

「清白、そっちも調べるぞ」

「はい」

事件はまだ未解決。

調べることは山のよう。身体を休めるための時間だって、ろくに作れないのだ。

彼を求める気持ちはあるけれど、今暫くは我慢しないと。


…とは言うものの、仕事中は考えないようにしていた一色のことを思い出してしまうと、顔を見るぐらいはいいのではないか？　という甘い囁《ささや》きが心の中に芽生えてしまった。

彼のマンションへ行くのは危険だが、大学の研究室ならば他の者の目もあるから、彼も変なことはしないだろうし。

そう思って、本郷の家へ向かうはずだったのだが、相手の都合がつかず早上がりとなったので、仕事終わり、つい足を伸ばして彼の仕事場である城の下大学の研究室へと向かった。

夕闇迫る逢魔《おうま》が刻《とき》。

キャンパスにはもう人影は少なく、白い建物が巨大な墓標のように見える。

俺は勝手知ったる何とやらで、正門から入ると真っすぐに彼の研究室へと向かった。

前の事件の時、何度も通った場所だ。

あの時は事件現場ということで正式に入る理由があったが、今日は受付も通さず入ってきたこともあり何となく後ろめたさを感じながら研究室のドアをノックする。

「どうぞ」

と答えた声は、一色のものではなかった。

「失礼します」

重い金属の扉を開けると、いかにも研究室といった風情の部屋に、白衣の学生が何人か立っていた。

「あれ？　清白さん。お久しぶりです」

その中に、見知った顔があった。

前の事件でも言葉を交わした法 条《ほうじょう》という学生だ。

彼は作業の手を止め、こちらへ近づいてきた。

「一色先生に御用ですか？」

切り出す前に訊かれて、俺は少し慌てる。

「ええ。ちょっと捜査上のことで伺いたいことがあって…」

プライベートで会いに来た、というのは気が引けるから、用意していた嘘《うそ》だ。

「ああそうですか。でも、今日は研究室には来てませんよ」

「そうなんですか？　火曜日は講義があるから大学にいると以前…」

その事実は刑事として知り合った時に訊いているので、知っていてもおかしくはない。

「休講です」

「休講？　ひょっとしてお身体を壊されたとか？」

「いえ、特許関係のことで揉めてるからって」

「特許って…、ご商売ですか。教授なのに大学の授業をおろそかにするなんて」

仕事の優先順位が間違ってる。

だが俺がそう言うと、法条は皮肉っぽく顔を歪ませた。

「大学で学生を教えるより、そっちの方が大切だからです」

「でも先生でしょう？」

「教授は教授であって教師ではないんです。授けるって字が入ってるでしょう？　知りたいと思う人間に知識を分け与える。教科書の内容を子供の頭に詰め込んで終わりじゃない。その人が授けてくれるほどの知識を持っていないとなりたたない。だから、教授自身が勉強してくれないと困るんです」

「特許は勉強なんですか?」

「特許を取れるような発見を持ってることが、他の人にはない知識ですから」

なるほど。

彼の答えは一理ある。

というか、彼は本当に一色を尊敬してるんだな。

「あの人は神の目を持ってるって言われてるんですよ」

だからだろう。受付のようなカウンター越しに、彼は熱弁を振るった。

「神の目、ですか?」

「何げない場所から新種の微生物を発見する目があるってことです。微生物の可能性についてはご存じですか?」

それは以前一色から聞いたことがあった。

「一応。腐敗しないプラスチックを分解する微生物が発見されたお陰で、プラスチックゴミの処理ができるようになったとか、もし放射性物質を分解できる微生物がいたら放射性廃棄物の問題が片付くとか」

「それだけじゃありません。薬品や、新素材や、色々なものに応用できます。微生物は有益ですが、それを見つけて有益性を発見するのが大変なんです」

「…はあ」

「家の庭に世紀の大発見のような微生物がいたとしても、それを見つけて研究しなければ何の意味もありません。でも教授はそういうものを見つけるのが上手いんです。そして有益性を特定する研究も、着眼点が鋭い」

「着眼点？」

聞き返してからしまったと思った。

こういう手合いは質問されると際限がないのだ。一色がいないのなら長居は無用なのに。

「Aという新種の微生物を発見しても、それが何をするのかがわからなければ意味がない。何ができるのかを知るためには様々な実験をしなければならない。それこそ、分解酵素だったら、何を分解するのか、一つずつ試していかないと。その『何を試すか』というものにアタリをつけるのが上手いんです。もちろん、あてずっぽうじゃなく、Aの生息していた環境などから推測するんです」

「…はい」

「プロバイオティクスや、プレバイオティクスなどで人は一般的にも微生物の恩恵に与《あず》かってる。枯渇《こかつ》する無機物より、繁殖させれば無尽蔵に採取できる生き物である微生物は、未来の資産と言ってもいいでしょう」

「…はい」

プロバイオティクスとか、プレバイオティクスというのが何なのか、俺にはわからなかったが、それはもう訊かないことにした。訊けば演説が長引くだけだから。

「一色教授が大学で教鞭《きょうべん》をとってくれるというだけでも、ありがたいことなんです。何せあの人はあちこちの研究施設から引っ張りだこなんですから。自分の研究だけに没頭するなら、何億というお金だって動くでしょう。それを一大学で…」

「何億？」

質問を挟んではいけないと思っていたのに、つい俺は聞き返してしまった。

「一色教授になら、研究費としてそれぐらいは動くでしょうね」

法条が当然だ、という顔で答える。

億…。

「一色先生の恋人なら、それぐらい知っておいた方がいいと思いますよ」

だが金の話より、その後に囁くように小声で続いた彼のセリフの方が、驚きだった。

「こ…、って何を…」

顔が赤くなるのを必死で抑える。他の学生達に聞かれたかと様子を窺《うかが》ったが、誰もこちらに注意を払うものはいなかった。

「教授がそう言ってましたよ。違うんですか？　教授の一方的な思い込みなら、注意しておきますけど」

…あの人は。

否定も肯定もできないではないか。

「…先生はそんなこと言い触らしてるんですか？」

「いいえ。俺にだけです。相談されたので、他言しない方がいいと言っておきました。あ、俺は恋愛にはリベラルなんで気にしてませんから」

しれっとした顔で言われても。

「…それは、どうも。…色々と…」

目的の一色もいない上にいたたまれなさを感じて、俺は早々にその場を去ることにした。

「教授がいらっしゃらないなら、自分で調べてみます」

目的はあくまで仕事上のことだというセリフを残して。

それにしても…。

一般常識に欠けるところのある人だとは思っていた。

突飛な言動をする人だとわかっていた。けれど極めてデリケートなこの話題を学生に打ち明けるなんて。

何を考えてるんだ。

自分が好きな人に会いたいという気持ちではなく、腹立たしさが勝り、俺は大学を出るとそのまま一色のマンションへと向かった。

一言注意しておかなくては気が済まない、と思って。


空腹を感じて途中で夕食を摂《と》ったせいで、一色《いっしき》のマンションに到着したのはすっかり日も暮れた後だった。

建物に入るのにも暗証番号が必要な、セキュリティのしっかりしたマンションだが、主からその暗証番号を聞いているので、そのまま建物に入り、フロントの前を通り、エレベーターで彼の部屋の扉の前に立つ。

流石《さすが》に合鍵は貰《もら》っていないので、インターフォンのボタンを押すと、返事より先に扉が開いた。

「よく来たね。嬉《うれ》しいよ」

満面の笑みを浮かべて抱きつこうとする一色の顔を、俺は手で押し返した。眼鏡《めがね》に俺の指紋がべったりつくように、地味な嫌がらせ込みの抵抗だ。

「あなたに『会いに』来たんじゃありません。『怒りに』来たんです」

彼は眼鏡を外し、レンズに付いた指紋をハンカチで丁寧にふき取った。

「怒る？　何故？　私が会いに行ってあげなかったからかい？」

どうしてそういう思考になるのか…。

「あなたが、極めてプライベートな事情を学生にベラベラ喋《しゃべ》るからです」

「プライベートな事情？」

取《と》り敢《あ》えず、彼は身体《からだ》を横へのけて、俺に部屋へ入るよう促した。

「ああ、君が恋人だと法条《ほうじょう》くんに言ったことかな？」

その彼の前を通る時、わざと足を踏み付ける。

「痛ッ、清白《すずしろ》」

「そうですよ。こういうことは、他の人には言わないで欲しいって言いませんでしたか？」

「言ってないな。君が私に望んだのは、仕事の邪魔をしない、セックスを強要しない、物を大切にということだった」

そうだったろうか。

でも、それはこんな基本のこと、注意する必要がないと思っていたからだ。

「で…、でも、まだ同性愛はマイノリティなんです。そういうことを吹聴すると、仕事に支障が出ます」

「法条は向こうが気づいたんだ。私がアメリカへ行く前に、君にだけは連絡しなければと言ったのを聞いてね」

「それだけで気づくわけないでしょう」

「気づくさ。私が自分のスケジュールを仕事にも研究にも関係のない人間に連絡するなんて、初めてだから」

…それは聞かされて悪い気のしない事実だ。

でもそれとこれとは別だ。

「とにかく、恋愛関係のことは他人に喋らないでください」

「よかろう。それは追加条項として頭に入れておこう。だが、私は相手を選ばずに話したわけじゃない。法条は優秀な学生で、いずれ私の助手にしようと思っている人間だし、彼の友人にもゲイがいるというのを以前聞いたことがあるので、この話題が許容できるとわかっていた。

それに、研究の内容など、秘密に対しての守秘態度は良好と判断したからだ。そこは納得したまえ」

「…わかりました」

「では、私の足を踏んだ謝罪を」

「どうして？」

「言葉で説明すればいいことに対して暴力を振るったからだ」

「う…」

それは頭に血が上っていたからだが、確かに話せばわかることではあった。

「…すみませんでした。カッとなって失礼なことをしました」

悔しいけど、仕方ない。

「よろしい。ではせっかく来たんだ。入りなさい。お茶でもどうかね？　食事は？」

「食事は済ませてきました。今日は、今のことを怒りに来ただけですから、すぐに帰ります」

「お茶を飲む暇もないのかね？」

一色は拗《す》ねた子供のように唇を尖《とが》らせた。その顔がちょっと可愛《かわい》かったので折れてあげよう。

「…それぐらいは」

「では上がりなさい。イライラするのはストレスのせいだろう。美味《うま》いお茶でも飲んで、少しリラックスした方がいい」

別にイライラしているわけではない。

本当に腹が立っただけだ。

でも、俺は他言無用の約束はしていなかったし、会話より暴力による報復を優先させたし、今日の仕事はこれで終わりだからお茶を飲む時間ぐらいはある。

何より、やはり彼の顔を見ると、このますぐに別れるのが惜しくなった。

「じゃ、失礼します」

「私の部屋で私しかいないのに、そうやって一言かけるのは君の美徳だな」

俺の態度にムスッとしていた彼の顔に笑みが浮かぶ。

「別に、普通のことです」

その笑顔にも、ちょっとほだされる。

「ソファに掛けて待っていなさい。今お茶を淹《い》れる」

いそいそとしたその態度にも。

「お仕事中だったのでは？」

「君より優先しなければならないほど急ぎのものではない」

一色は、物事をはっきりと言う。気を遣う、ということはあまりない。だから、彼がそう言うのなら本当に急ぎの仕事ではないのだろう。

俺はリビングへ上がり込むと、大きなソファに腰を下ろした。

相変わらず、座り心地のいいソファだ。

ここのところ、捜査会議のパイプ椅子《いす》にばかり腰掛けていたから、包み込むような感触に気が緩む。

小さな情報がポツポツと入って来るせいで、アパートへ戻ってもちょくちょくメールが入ってゆっくり休むことができなかった。今日は結構な大ネタが入ったから、暫《しばら》くはあの情報の裏どりで忙しいだろう。

金の流れと会社関係は俺達には関係ないから、調べが上がってからの動きになるだろうな。

「疲れた…」

動いている時には疲労など微塵《みじん》も感じなかったのに、止まってしまうとそれまでの疲れがどっとやって来る気がする。

ここは一色の部屋で、仕事は関係ない。キッチンからは、彼がお茶を淹れる音が聞こえる。

食事をしたばかりというせいもあって、気を抜くと眠気に襲われそうだ。

でも、ここで寝たら彼にイタズラされても文句は言えない。何とか起きていないと。

広瀬《ひろせ》の親の借金を本郷《ほんごう》が払った理由、訊《き》いてみないと。そのことを広瀬は恩と思っているのか、それともそれを盾《たて》にして世話を焼かせているのか。

考えてみれば、広瀬はいつも本郷の背後にぴったりと寄り添っていた。実の息子や娘より近くに。

秘書だから、という言葉であのポジションを納得していいものだろうか？　でも、広瀬に関する悪い噂《うわさ》は一つもなかったし。

誠実な人間を疑うのはあまり好きではないが、疑わしいことは一つずつ潰《つぶ》していかないと。彼に裏がないと確証を得るために、彼のことを調べる。何もなければそれで安心できるではないか。

「清白…？」

熱い手が頬《ほお》に触れる。

目を開けないと襲われるかも。

一色はそういうことには強引なタイプだから。

でも、一度閉じた瞼《まぶた》はもう開くことができなかった。

相手が一色なら、嫌なことではないし、何よりこの眠りを優先させたかった。

とても、疲れていたので…。

遠くで、電話が鳴っている。

携帯の呼び出し音だ。

でも俺のじゃない。俺のは本体に入っていた電子的なコール音だが、今鳴っているのは耳に覚えのないメロディだ。

でも電話なのはわかった。

だって、突然鳴って、突然切れたから。

ああ、誰かが電話に出たんだ。電話が鳴ったということは、新しい情報が入ったのかも。

資産家の息子二人の連続殺人ということでここのところマスコミもうるさくなってきたし、早く事件を解決しなくちゃ。

だったら起きて、その新しい情報を聞くんだ。

ベッドは柔らかくて、暖かくて、いい匂いがするけれど、俺は仕事をしなくては。人を二人も殺した犯人を野放しにはできない。

そう思って意志の力で目を開ける。

白い天井。

磨りガラスのシャンデリア。

シャンデリア？　俺のアパートは蛍光灯だろう？

「あ…！」

自分の状況を思い出し、俺はガバッと跳び起きた。

広いベッドにモノクロームの部屋。

「ここは…」

一色のベッドルーム…？

慌てて腕の時計を見ると、時刻は七時半を回ったところだった。

夜の？　朝の？

閉められたカーテンの向こうから薄日が差し込んでいる。ここへ来たのは夜だったのだから、今は朝だ。

ベッドを降りようと布団を捲《めく》ると、スーツを着ていたはずなのに、シルクのパジャマに着替えさせられていた。

自分で着替えた覚えがない以上、誰に着替えさせられたかはわかっている。

「やられ…た？」

俺は思わず自分の腰に手をやった。

痛みはない。

少なくとも、最後まではされていないようだ。

振り返ると、ベッドに一色の姿はなかった。

「い…」

彼を呼ぼうとして、途中で止めた。

もし彼が不在なら、その方がいい。ベッドにパジャマのオイシイ状態で彼と遭遇しては危険が倍増しだ。

だが、見回したところ服がない。

着替えがなければ帰れない。

俺はそっとベッドを降りた。

シルクのパジャマは着心地がよかった。少し大きいということは、彼のものなのだろう。

一色にシルクのパジャマ…。似合い過ぎてて怖いな。

耳を澄ますと、どこからか一色の声が聞こえた。

「…そうか、バイオ・セルロースのマットが形成されたか。じゃ、それで分類しておいてくれ。ああ、君の発表で構わない。それじゃ」

誰かいる？

自分の格好が恥ずかしくて声のした部屋へのドアを、音を立てないように注意してそっと開けた。

そこは、まだ俺が入ったことのない部屋だった。

朝だというのにカーテンが閉め切られ、穴蔵のように薄暗くしてある。一色の向かっているデスクに置かれたライトと、開いたパソコンの画面の照り返しが、彼の顔に濃い陰影を付けていた。

彼は、一人だった。来客などいなかった。会話は電話だったのだ。さっき、電話の呼び出し音を聞いた気がしたのを思い出し、納得した。

一色教授、と呼ばれていながら、俺は彼が研究に向き合っている姿を見たことがなかった。学生に指示を出しているところと、言葉遊びのように専門知識を語るところぐらいだ。

だが今の彼は、明らかに『考えて』いた。

脳みそをフル回転させて思考している。

前髪は上げて後ろへ撫《な》でつけていたが、幾筋かの乱れがある。起きたばかりにしては髪が整い過ぎているし、早起きして身支度したにしては髪が乱れ過ぎている。つまり、昨夜からずっと起きている、という格好に見える。

シャツも、ここを訪れた時に彼が着ていたままだ。

襟元《えり》を開け、着崩している姿にそそられる。

俺は、頭のいい人間が好きだった。

屁理屈《へりくつ》や小理屈をこねるような人間ではない。純粋に知能が高く、視野の広い人間に憧れていた。

自分が解けない問題をすらすらと解く者に、ゾクゾクする快感を感じることもあった。

変わっている、と思う一色に惚《ほ》れてしまったのもそれが理由だ。

自分ができないことをする人間に、心酔してしまうのだ。

だから今、きっと自分ではわからないことで頭を使っているであろう一色の姿を見ると、愛を囁《ささや》かれるよりずっと『そそられ』た。

「入って来るか、寝直すか、どっちかにしたまえ。色っぽい姿で視界に入って来ると、襲われても文句は言えないぞ」

こちらを振り向かず、一色が言った。

本気なのか、冗談なのか、その眼鏡のレンズにモニターの光が反射して表情が読めない。きっと一色だから本気のセリフなのだろう。

「昨日寝ている間に襲ったんじゃないんですか？」

俺は寝直すのではなく、部屋に入る方を選んだ。

「私が意識のない者に手を出すと？　失礼な想像だ」

「…すみません」

「反応がない人間を襲っても楽しくないだろう」

…謝り損だったか。

「昨夜、君はお茶が入るのも待てずにソファで寝入っていた。一度起こしたがぐっすり寝ていたので、着替えさせ、ベッドへ寝かせてあげたのだ。休めたかね？」

いや、損などではないな。本当に申し訳ない。

「ありがとうございます」

俺は近づいて行って、パソコンのモニターを覗《のぞ》き込んだ。

わけのわからない英語と、グラフが映っている。

「これ、何ですか？」

「新種の酢酸菌が作るバクテリア・セルロースの研究だ。と言ってもわからないんだろうな」

「…わかりません」

意地を張っても仕方がないので、素直に認める。

「簡単に言えば、ナタ・デ・ココを作る新種の細菌だ。酢酸菌はエタノールを酸化して酢酸に変えるのだが、これに糖を与えると高分子化して蓄える」

「それが何でナタ・デ・ココなんですか？」

「ココナツの砂糖漬けに酢酸菌を加えて発酵させると、菌はセルロースを作り、マット状になる。これがナタ・デ・ココだ」

知らなかった。あれは細菌で作るのか。寒天みたいなもので固めるのかと思っていた。

「じゃあ今はナタ・デ・ココの研究を？」

彼の隣に立つと、一色は俺の手を取って甲に口付けた。

「『よくわかんない』で片付けず、質問するのはよいことだ。知識は求める者に与えられるべきだからな。今のはわかりやすく説明しただけだ。酢酸菌が作るセルロースは、バクテリア・セルロースと呼ばれ、植物から作るセルロース、つまり紙だな、それよりも繊維が細かく純度が高い。今回発見したものは、その中でも特に細かい組成を築くだろうと思われていた。それが成功したのだ。分子構造の細かい紙は、人工皮膚などにも使われる、大変有意義なものとなるだろう」

人工皮膚を細菌が作る？

「凄《すご》いですね…」

心から驚いて、感嘆の言葉を漏らす。

「微生物の素晴らしさがわかるかね？」

「あなたと知り合って、見る目が変わりました。それであの…」

「何だ?」

「プロバイオティクスとか、プレバイオティクスって、どういう意味ですか?」

昨日法条に聞きそびれた言葉を、彼に問いかけた。法条は長々と語るだろうが、彼ならば簡潔な答えをくれるだろうと思って。

「プロバイオティクスは経口摂取する、腸の働きを整える微生物。プレバイオティクスは腸内有益菌の増殖を助け、環境を整える微生物だ。よくヨーグルトのCMで使われてるだろう」

言われてみれば、生きたまま腸に届く乳酸菌とかで聞いたことがある気が…。

「清白が今かかわっている事件は、これかね?」

感心していると、彼は俺の手を握ったまま、反対の手でマウスを動かした。

途端に、研究のファイルがネットニュースの画面に変わる。

『白砂《しらすな》の資産家一家にまつわる謎』『わずか一週間で二人』『怨恨《えんこん》か、金か』という見出しが躍り、本郷家の事件が詳しく書かれていた。

だがどうして? 俺は事件のことは何も言わなかったのに。

「あの日、出て行く時に『白砂署』と言っていただろう」

こちらの疑問を察したように、彼は言った。

なるほど、それは俺の失態だ。

「犯人の目星はついたのかね？」

「ノーコメントです」

「では解決は近いのかね？」

「一色さんには関係のないことでしょう」

「関係ない？」

彼はまだ握っていた俺の手を口元へ運び、指を軽く噛《か》んだ。

「君の仕事に興味はない。だが、恋人と次に何時《いつ》会えるのかと考えることは関係なくはないだろう。昨日は私の誘いのメールに返事も寄越さなかった」

喋りながら、唇だけで指を愛撫《あいぶ》する。

「ここへ来たじゃないですか」

柔らかなタッチに、たかが指だというのに、ゾクッとしてしまう。

「それは私に会いにではなく、私を怒りに、だろう」

「会えたことに変わりはありませんよ。イタッ」

俺の答えが不満だったのか、彼は指を噛んだ。

「まあいい。取り敢えずシャワーを浴びてきたまえ」

「朝からしませんよ！」

慌てて手を引っ込めると、彼は不機嫌な目で俺を見た。

「仕事に行くならシャワーぐらい浴びた方がいいだろう。君が非番でないのなら、朝からそういうことはしない」

非番ならするんですかという突っ込みは必要ないだろう。彼ならしそうだ。そして自分も、誤解したことが恥ずかしくて、彼から離れた。

「シャワーお借りします」

「朝食ぐらいは一緒にしよう。いいね？」

「はい」

ストレートに要求を口にしたり迫ったりするクセに、時々紳士的だから、反応に困ってしまう。

もっと仕事に集中しないと。

シャワーを浴びていると、途中でドアの向こうに人の気配を感じた。

だがそれは俺の着替えを持ってきてくれただけと、出たらわかった。

ワイシャツにはプレスがかかっていて、ネクタイは俺のではない高級品。靴下も洗ってあるし、下着は新品だった。

仕事をすることについては、邪魔をしない。

本当のことだ。

邪魔をするんじゃないか、と考えてしまうのは、もしかしたらそれぐらい執着して欲しいという気持ちの表れなのかも。

かと言って、彼がそうしたら怒るクセに。

俺だって、彼と一緒に過ごしたい。

でも何もしないで過ごす日常には憧れられないのだ。なりたくてなった警察の仕事だから。事件を解決することに心血を注ぐことが楽しいから。

「…楽しいっていうのは不謹慎か」

頭と身体をさっと洗ってバスルームを出る。

部屋には、彼が作った朝食のいい匂いが漂っていた。

「一色さん、シャワーあがり…」

電話の音。

今度は俺のだ。

「…ました」

言いながら、携帯電話に手を伸ばす。

「はい、清白です」

『おはよう。起こしたか？』

相手は森《もり》さんだった。

「起きて、シャワー使ってました」

『そうか。じゃあ悪いがすぐに署の方へ来てくれ』

「何かあったんですか？」

『本郷を恨んでるヤツが見つかった。別班が踏み込むが、俺等はそれを本郷に確かめに行く。俺もまだ家だから、署で落ち合おう』

「わかりました。すぐに行きます」

電話を切ると、モーニングプレートを両手に持った一色が恨みがましい目で俺を見下ろしていた。

「あー…、その…」

「仕事だろう。聞こえていた」

ドンッ、と乱暴にプレートが置かれる。

皿に載っていたのはエッグベネディクトだった。わざわざ作ってくれたのか。

そのまま彼は、俺に背を向けて立ち去った。

怒っているのだろう。ついさっき、一緒に朝食を、と言ったばかりなのに。仕事を優先させれば約束を反故《ほご》にすることになる。いつもこれで、人間関係を崩してしまうのだ。

けれど、一色さんはすぐに戻って来ると、手にしたバスタオルを俺の頭に乗せた。

「すぐ出るなら髪を乾かさなければな。濡《ぬ》れ髪は風邪を引く」

「え…、あの、でも」

「君は食事をしなさい。空腹では頭が働かない。寝食を忘れて働くというのは非能率的だ。ちゃんと寝て、ちゃんと食べて、さっさと仕事を片付けなさい」

口調は、怒っていた。

不機嫌さは消えていなかった。

でも手は優しく髪を拭《ぬぐ》い、ドライヤーまでかけてくれた。

仕事を大切にする。この人の約束は嘘《うそ》ではないのだ。

「ありがとうございます」

子供みたいに髪に触れられ、気恥ずかしく思いながら彼の手料理を食べる。

じっくり味わいたかったが、今日のところは心遣いを感謝するだけで我慢だ。

食べ終えて、スーツの上着を手に取ると、恨みがましい目で一色が言った。

「寝に来るだけでいいから、顔を見せにおいで。セックスは時間が取れるまで我慢する」

『セックス』というあからさまな言葉を使うのに、拗ねた子供のような口調で言う彼が何だか

可愛くて、俺は自分から顔を近づけてキスを贈った。

だが求めるように伸びて来る腕からはするりと逃げた。

捕まったら長くなるから、名残惜しいけれどこれでお別れだ。

「早く時間が作れるように頑張ります」

一色に背を向け、部屋から出ようとした時、彼が俺を呼んだ。

「清白」

「はい？」

振り向くと、不満げな子供の顔が、鋭利な男の顔に変わっている。

「殺意はバクテリオファージだ。見かけに騙《だま》されるな」

諭すような低い声。

バクテリオファージ？

きっとそれも微生物の用語なのだろうが、問い返す時間はなかった。

俺は彼には何も相談せず、その部屋を去った。

これは俺の仕事だから、彼を頼らずに済んでよかったと思いながら。

白砂署に向かう途中、俺は携帯で『バクテリオファージ』なるものを調べてみた。

細菌に感染するウイルスの一種で、細菌を食べるように侵食するということだった。それが
どうして『殺意はバクテリオファージだ』となるのかわからなかったが、以前彼がくれた何げ
ない言葉が捜査のヒントになったことを思うと、意味があるのではないかと思えた。

まさか二人が細菌で殺されたとか？

あり得ない。

刺殺と絞殺、ちゃんと所見も出ている。

白砂署へ到着すると、森さんと何人かの刑事が会議室で話し合っていた。

「遅れました？」

「いや。俺達は近所だからな」

顔見知りの者がいないところを見ると、どうやら所轄の人間の集まりらしい。

「それで、本郷を恨んでる人間が現れたということでしたが…」

問いかけると、森さん達は一様にがっくりと肩を落とした。

「木田優二《きだゆうじ》という男だ。亡くなった本郷の女房と結婚前から付き合いがあったんだが、本郷に
取られたと言って、随分と恨んでたらしい。だが…」

「だが？」

「老人ホームに入ってたよ」

木田の存在を知って、彼の行方を探すと、あけぼのハウスという住所がわかった。

そこですぐに任意同行を求めようと人を遣わしたのだが、そのあけぼのハウスはアパートの名前ではなく老人ホームの名称だったのだ。

「ずっと以前に若年性のアルツハイマーを患って、二十四時間介護士が付きっきりだ。ホームには徘徊《はいかい》老人なんかもいるんで夜は施錠、見回りも監視カメラもあった」

「…空振りですか」

それで皆が肩を落としていたわけか。

「秘書の広瀬の借金のことも、解決済みだ」

今日はそのことを聞きに行こうと思っていたのに、森さんは言った。

「解決？」

「会社の経理の方に聞いたら、借用書が残ってて、ちゃんとした給料の前借りってことになってるらしい。ちゃんとしたって言うのもおかしいが、とにかく、借用書もあるし、金は返済する約束になってる。広瀬の給料も悪くないから、恐らく返済は可能だろう」

「隆一《りゅういち》と修次《しゅうじ》の共通の知人というのは…」

「それはまだだ。今日訪ねるらしい。だが、あまり期待しない方がいいのかもな」

勢い込んでいた分、落胆が激しい。

「まだ糸口が残ってるなら、それを掴《つか》みましょう。犯人が自由に動き回ってることを考えると、不安です」

俺がそう言うと、森さん達は俯《うつむ》いていた顔を上げ、俺を見た。

「それはアレか？　まだ人死にが出るって思ってるのか？」

「わかりません。犯人がわからない以上、その目的もわからない。もし本郷の家自体が狙いなら、まだ三人残ってます」

真剣だったのに、居並ぶ刑事の一人は失笑した。

「そりゃあないだろう」

「どうしてです」

「いや、発想をバカにしてるんじゃない。犯人にその気があっても無理だってことさ。聞き込みだ検証だと警察が頻繁に出入りしてる上、ブンヤさん達もうろついてる。その中で人を殺そうなんて、捕まりに来ましたって言ってるようなもんだろう」

今度は俺が苦笑する番だ。

顔には出さないが、その考えの安易さに対して。

「犯人がどんな人間かわからない以上、保身を考えない場合もあります。刺し違えても、だったら警官がいようといまいと行動するんじゃないですか？」

「考え過ぎだよ」

凶悪犯というものに慣れていないのか、そう言って彼等は輪を崩して去って行った。

残されたのは俺と森さんだけだ。

「清白は、まだ殺人が起こると思ってるのか？」

森さんは太い眉を動かしてこちらを睨《にら》んだ。

「起こる、とは言いませんが、起こる可能性はある、と思ってます」

その目を見返してきっぱりと言う。

ぶつかった視線は、森さんから外された。

「可能性、か…」

「起こらなければそれでいいんですけどね」

「まあな。一応本郷さん達に注意を促しておくか？」

「そう言っていただけるとありがたいです」

まだ時間が早いので、一旦会議室で時間を潰してから俺達は連れ立って署を出ると、本郷邸へ向かった。

閉ざされた門、高い塀。

本郷邸は堅牢《けんろう》な要塞にも見える。が、塀は越えようと思えば越えられないほどのものではない。

目的のわからない犯行は、犯行の情熱の度合いもわからない。

チャンスがあるからやったのか、チャンスなどなくてもやろうと決めていたのか。

うろつく警察も、マスコミも、高い塀も、その殺意を止められるものではないのか、それで止められるものなのか…。

家に着くと、小柄な家政婦の松井《まつい》が迎え入れ、またあの広い応接室へと通された。

「相変わらず落ち着かない部屋だな」

森さんは辺りを見回し、ポツリと呟《つぶや》いた。

暫く待つと、本郷氏が秘書に車椅子を押されて現れる。

「何かわかりましたか？」

本郷氏は、部屋へ入るなり、挨拶《あいさつ》もそこそこに尋ねた。

「いや、まだこれといった情報はないです」

「ああ…、そうですか」

落胆したように本郷氏の視線が足元へ落ちる。

「それで、本日は?」

弱々しい声に、今回は俺が前へ出て口を開いた。

「警察からこのようなことを言い出すと不安に思われるかもしれませんが、本日は注意を促すために参りました」

言い出したのは自分だから、俺が言うべきだと判断したのだ。

「注意?」

「不甲斐《ふがい》ないことに、我々は未だに犯人の特定に至っておりません。ですから、犯行がこれで終わりかどうかわからないのです。色々ご注意もなさってるでしょうが、どうか犯人の逮捕に至るまで、重ねて慎重な行動をお願いいたします」

役立たず、と罵《ののし》られることも覚悟して頭を下げた。

だが、本郷氏は目を細めて俺を見ていた。

「立派な青年だねえ」

柔らかな口調。

「は?」

「いや、まだお若いのに、ちゃんとして。親御さんもさぞご自慢の息子さんだろう」

「え…、いえ、そんな」

「私達のことを気遣ってくださるのはよくわかりました。注意しますよ」

笑みを浮かべて、老人は頷いた。

やはり子供を二人失って、心弱くなっているのだろう。

「それで、お伺いしたいのですが、あれから不審な人物など見かけませんでしたか？」

森さんが身を乗り出して尋ねる。本郷氏は、問いかけるように背後の広瀬を見上げた。秘書は今日も、彼の後ろに立っていたので。

「特にはございません」

視線に応えて広瀬が答える。

「警備会社の方には引き続き警備をお願いしておりますし、門のところには家の出入りのチェックだけでなく前を通る車も撮影できるように、カメラをもう一台設置いたしました。窓は全ワンドアツーロックにしてありますし、出入りの人間も新規の方はお断りしております」

「完璧な防犯ですな」

「ですが…」

真面目そうな広瀬の顔が陰り、言いにくそうに続ける。

「啓三《けいぞう》様と優香《ゆうか》様が外出された際の行動までは、私には如何《いかん》とも…」

わからないでもない。

彼が同居させてもらえるほど本郷氏の信頼を得ているとしても、その信頼は本郷氏からのみなのだ。

むしろ、父親の信頼を得ている広瀬を疎ましく思うこともあるかもしれない。

先日同席した際も、子供二人は広瀬の存在を無視していた。それは、彼を認めないという態度の表れかもしれない。

では広瀬の方はどうなのだろう？

「啓三さん達とはお年も近いですし、一緒に出掛けたりはしないのですか？」

試しに聞いてみると、彼は困った顔をした。

「ありません」

「でもお休みの日とかはあるのでしょう？」

「はい、でも…」

言い澱《よど》む広瀬に助け舟を出すように、本郷氏が後を続けた。

「広瀬は真面目でしてな。いわゆる堅物というやつです。うちの息子達は享楽的で、遊び回ってますが、これは休日にはボランティアに出てるんですよ」

「ボランティア？」

「社長」

言わなくてもいい、というように広瀬がたしなめるが、老人は続けた。

「いいじゃないか。いいことをしてるんだし。近くのデイケアセンターで、お年寄りに本の読み聞かせをしてるらしいですわ。広瀬はいい声をしてますからな」

まるで我が子の自慢をするように、本郷氏は目を細めた。

「そのデイケアセンターはどこに？　そちらへは何時《いつ》から？」

森さんは手帳を取り出して質問した。

広瀬の目が、その手帳に落ちる。

「公民館の隣にある『スワロウハウス』というデイケアセンターです。行くのは日曜だけですが、こちらにごやっかいになってから行ってます。学生時代、ボランティアのクラブに入っていたものですから」

「そりゃあ素晴らしい。近頃の若い者にはない精神ですな。きっかけは何なんです？」

「…私は、両親を亡くしてますので、同じような傷を持つ人に何かできないかと思って」

「事故だったそうですね？」

「はい。お調べになったんですか？」

「お嫌でしょうが、関係者は全て調べませんと。もしかして、あなたに恨みを持つ人もいるかもしれないでしょう？」

森さんは、敢えてあなたが容疑者の一人だから、とは言わなかった。

だが彼は察しているだろう。

「恨みなら、こっちが持ちたいくらいです」

「広瀬」

老人がまたたしなめ、彼が口を閉じる。

けれど森さんはそこを追及した。

「誰に対する恨みですか？」

「…それは」

口ごもる広瀬の代わりに、本郷氏が答える。

「ご両親の事故の犯人ですよ」

「犯人？」

「轢《ひ》き逃げだったそうです。もし事故が起こってすぐに救急車を呼んでいれば助かったかもしれなかったそうです」

「その犯人は？」

「捕まりました。まだ学生だったそうです」

「その方は今何を？」

「交通刑務所というんですか？　あれに入れられたと思いますが、もう出てきてるでしょう。ここには来ていませんが」

　これは一つのトラブルではあるが、本郷家には関係ないし、広瀬の方が被害者ならば気にするほどのものではないだろう。

　ただ、本人に代わって説明した本郷氏の後ろで、広瀬がポツリと漏らした一言だけが、気にかかった。

「…バカ息子ですよ」

　森さんは気づかなかったようだが、その一言を口にした時の広瀬の顔が、それまで見せていた勤勉で穏やかそうな青年の顔から憎しみに満ちたものに変わったのが、酷く印象的だった。

　彼も、こんな顔をするのだ。

　この誠実そうな青年の中に、こういう負の感情もあるのだ、という証《あか》しのようで。

「今日お子さん達は？」

「優香は友人と出掛けてます。啓三はまだ部屋から出てきてません。必要ならば呼びましょうか？」

「いえ、本日は注意喚起《かんき》ということなので。ああ、もしよろしかったら、お屋敷を一通り案内していただけませんか？」

「以前鑑識の方が全て見て回りましたが？」

「さきほどおっしゃった防犯のチェックをさせていただきたいと思いまして」

「ああ、それはいい考えです。警察の方に見ていただければ安心というものです。広瀬、案内してさしあげなさい。私はここで待っているから」

「はい」

広瀬はすぐに老人の側を離れると、膝掛けを持ってきて主の膝にかけた。

「エアコンの風がきついようでしたら、松井さんに言ってくださいね」

「大丈夫だよ」

その所作に、下心は感じなかった。

痩《や》せ衰えた主を気遣う秘書と、それをありがたいと喜んでいる老人。実の親子のように微笑《ほほえ》ましい光景だ。

「ではどうぞ」

その広瀬の案内で、俺達は応接間を後にした。

本郷氏が言ったように、この屋敷の中は事件当時に所轄の警官がチェックをしている。

次男の修次がこの屋敷で殺害されたので、侵入経路を調べるために、だ。

「あの時は、勝手口に鍵がかかっていなかったんでしたな」

歩きながら、森さんが尋ねた。

質問は、森さんに一任した方がいいだろう。俺はさっき引っ掛かったせいもあって、広瀬の反応を見ることに専念する。

「はい。でも今は松井さんが内鍵をかけてから就寝するようにしています」

勝手口が侵入経路、とは言い切れなかった。

調書では、他にも応接間の窓の一つと浴室の窓にも鍵がかかっていなかったからだ。

犯人が土足で入り込んだのではないようで、室内には怪しい足跡は見つからず、どこをどう通っていったかは不明なのだ。

だが、修次の部屋以外に荒らされた場所がなかったので、犯人はどこから入ったにしろ一直線に犯行現場へ向かったものと思われた。

「浴室はどうしました？」

「窓に柵を付けるように提案したのですが、反対されまして」

「反対？　誰にです？」

「…啓三様です。景観が悪い、と」

告げ口と取られるのではないかと注意しているような答え方だ。

改めてじっくりと見ても、広瀬は本郷の一族とは似ていない。

本郷の家の人間は、皆一様に濃い顔立ちだった。目鼻立ちがはっきりとしていて、手入れをしているらしい優香を除けば濃い眉に肉厚の唇、黒目の多い二重の目。

だが広瀬は一重で切れ長の目で、全体的に和風な感じだ。

もしかして広瀬が本郷の隠し子では、という線はないだろう。まあ、それは既に調査済みだけれど。

広瀬は、室内を丁寧に説明しながら回ってくれた。

一階は広い玄関ホールに先程の応接室、リビング、ダイニングとキッチン、バスルーム。階段を上って二階には、子供達の個室。広瀬の部屋も、ここにあった。

階段を上ると左右に廊下が伸び、左手側に家政婦二人が隣同士、廊下を挟んだ向かい側に広瀬の部屋と空き部屋。右手側には子供達の部屋がこれも廊下を挟んで向かい合わせに並んでいる。

広瀬の部屋は、ベッドとデスクだけの小さな部屋だ。彼によると、家政婦二人の部屋も同じらしい。こちらは女性の部屋なので、遠慮することにした。

一方子供達の方は手前から啓三と修次、隆一と優香がそれぞれ向かい合わせになっている。

亡くなった二人の部屋は見ることができたが、外出中の優香の部屋は鍵がかかっていて見ることはできなかった。

「防犯の確認だけだから、まあいいだろう」

啓三は部屋にいて、広瀬がノックすると暫くしてから扉を開けた。

「何だよ」

横柄な口をきく彼からは強い酒の匂いがする。

また飲んでいたのか。

彼はすぐに俺達に気づき、表情を変えた。

「やあ、これは警察の。俺を逮捕に来たんですか？」

にやにやとした笑い。

「いやいや、とんでもない。安全のために防犯の確認ですよ。よかったら、お部屋を見せていただけますか？」

「いいですよ、どうぞ」

身体を横に退けて、彼が俺達を招き入れる。

部屋に入ると、更に強い酒の匂いがした。

広瀬はドアの外に立ち、森さんがそのまま窓へ向かい施錠を確かめる。俺は入口近くで部屋の中を見回した。

大きなテレビとそれに接続されたＤＶＤらしい機器。ベッドは窓際に置かれ、テーブルの上には開いたままのノートパソコンと、洋酒の空き瓶とまだ中身が残っているグラスが置かれていた。

広瀬の部屋の倍ぐらいの広さがあり、それが部屋数が同じなのにこちらの廊下だけが長い理由だろう。

「あなた、鈴木《すずき》さんでしたっけ？」

啓三は俺に近寄ってきて声をかけた。

「清白です」

「ああ、清白。結構綺麗《きれい》な顔してるよね？」

「ありがとうございます」

嫌な目だ。

「朝、風呂入ったの？　いい匂いさせてるよね」

言いながら顔が近づいてくる。

「啓三さんは、その後不審な人物を見かけたりしていませんか？」

酒の匂いが強くなるので、俺はすいっと身体を離した。だが、彼はぐにゃぐにゃした動きで俺を追ってきた。

まだ酔いが残っているのだろうが、しゃっきり立てないものだろうか。

「不審な人物ねぇ。ドアの外に立ってるのも、不審って言やぁ不審だよな」

啓三の視線は、広瀬に向けられた。

「ある日いきなりやってきて、父さんの周囲をうろちょろして。車も買ってもらったんだよなぁ、広瀬」

「あれは私のではありません。社長が車椅子でも昇降できるように購入したものです」

広瀬は啓三の厭味《いやみ》にも表情を変えずに答えた。

「でも自由に乗り回してるんだろう？」

「そのようなことはしてません」

「優香と結婚して、この家に入ろうとしてるんじゃないのか？」

啓三のその言葉に、『その手があったか』と思った。

今は姻戚関係がないが、娘の優香と結婚すれば、彼も本郷の家の一員になれる。

だが、広瀬はそれを否定した。

「そんなこと、考えたこともありません。優香様には付き合ってる方がたくさんいらっしゃいますし」

「でも父さんが命令したら、あいつも言うことをきくさ」

「社長はそのような命令はしません」

「どうかな」

思った通り、と言っていいのか。二人の仲はあまり良好とは言えないようだ。

森さんが施錠を確認して戻ってきたので、会話はそこで終わりだった。

だが、俺達が部屋を出る前に啓三は再び俺に近づいてきた。

「仕事じゃなくて俺んとこへ来るなら、あんただけに鍵を開けといてもいいぜ」

下卑た誘い。

本人の品性が知れるな。

「ぜひともしっかり施錠なさって、外部の人間を引き込まないようにしてください」

彼がゲイなのか、からかってるのかはわからないが、態度としては最悪だ。こういうのは相手にしないに限る。

部屋を後にすると追ってくることもなかったので、気にしなくていいだろう。

「やっこさん、余程おっかないみたいだな」

三階へ向かう途中、森さんが言った。

「おっかない？」

「酒を飲むのも、軽口を叩《たた》くのも、恐怖を打ち消すためかもしれない」

「啓三様は毎日のように飲んでらっしゃいますよ。人に絡んでくるのもいつものこと、今回だけというわけではありません」

森さんの意見を否定し、広瀬は階段を上った。

三階は本郷氏の私室と書斎があった。

老人に三階はキツイのではと思ったが、室内には小さなエレベーターが完備されていた。しかも簡易ではあるがシャワーブースもトイレもある。

子供達のよりも広いこの部屋で、老人は何もかも済ませられるというわけだ。

「本郷氏は階段は使われないのですか？」

「歩ける時には使っていましたが、今はエレベーターだけですね。三階の窓は、今は全て施錠して、掃除の時にも、開けないようにしてます」

その言葉通り、廊下と私室の部屋の窓はしっかりと鍵がかかっている。書斎の窓は嵌《は》め殺しで、元から開かないようになっていた。

「これなら、外部から侵入するのは無理そうだな」

内部に手引きする者がいなければ、という言葉は俺も森さんも口にしなかった。

家の様子を全て見回ると、森さんは広瀬に話しかけた。

「さっき、啓三さんがあなたと優香さんのことを言ってましたね」

聞いていたのか。

離れていたから聞こえていないかと思ったのに。

尋ねられた広瀬は露骨に嫌そうな顔をした。

「正直に言いますけれど、私は優香様が好きではありません」

「美人じゃないですか」

「顔立ちは悪くないとは思いますが、性格は最悪です。お兄様が殺されたというのに、涙一つ流さない。今日も遊び歩いている。もしも啓三様の言葉を真に受けて、私が彼女を狙っていると考えていらっしゃるなら、それだけは否定しておきます。結婚式を用意されたって、式場から逃げ出しますよ」

…随分な言葉だ。

「そんなに嫌いかい?」

「ああいう女性は嫌いです」

彼はキッパリ言うと、もういいだろうというように視線を外した。少し言い過ぎたと思っていたのかもしれない。

その態度は、森さんの心に引っ掛かったのか、本郷邸を後にした車の中で、話題に上った。

「どう思う?」

「広瀬ですか?」

「随分と強い否定だったな。仮にも主の娘を。とても好青年のセリフじゃなかった」

「恋人がいるのかもしれませんよ。さもなければ彼女に嫌な目にあわされたとか」

「それはあるかもな。随分気の強そうなお嬢様だったし」

「彼女の監視は？」

「女性警官が張ってる。外出が多いお嬢さんで苦労してるらしい。今日も買い物らしいしな」

広瀬の言葉を思い出したのか、森さんが苦笑した。

「女って、結構図太いんですかねぇ」

それとも、図太いのは彼女だけか。

「なるべく外出しないように要請はしてたんだがな。お嬢様には無理なんだろ。確かに、ワガママなお嬢様と結婚したくないってのは本音かもな」

この時は、まだ俺も森さんも、犯人を意識はしていても危機感が薄かったのかも知れない。

いや、警察自体、第三の犯行についてそれほど深刻ではなかったのかも。

とはいえ俺達は何度か本郷邸に足を運んでいた。屋敷の周囲を警邏《けいら》もしていた。本人達にも注意喚起を促していた。

今日の防犯態勢のチェックもその一環だった。

なのに…。

第三の犯行は起こってしまった。

俺達が訪れた三日後の夜に……。


凶行は、日付が変わった、午前三時頃に行われた。

本人達の言によると、家人全員が寝入っている時間だ。

殺されたのは、三男の啓三だった。

「これで犯人は優香である可能性が高くなったな」

捜査会議の席上、誰かが漏らした言葉に反対する者はいなかった。

確定したわけではない。だが、三人の殺害によって一番利益を得る者はただ一人残された遺産相続人である優香であることは否定できないのだ。

失態。

そう言われても仕方のない、警戒態勢下での犯行は、またも本郷邸で行われた。

啓三はいつものように家政婦の松井に酒を運ばせ、部屋で飲んでいた。

松井が最後に酒とツマミを部屋に運んだのが夜の十時。十時までが彼女の労働時間で、それ以降は何か用事があっても自分達でやるように、というのが本郷邸のルールなので。

彼女が酒を運んで以降、誰も啓三の部屋を訪れた者はおらず、彼女が生きている啓三の姿を見た最後の人間となる。

松井によると、その時点で啓三はかなり酔っていたらしい。

夜中の三時となれば、恐らく啓三は酔い潰れて寝入っていただろう。

松井の証言では、彼女が出た後、啓三は部屋の扉に鍵をかけたということだったが、その音を聞いたはずの扉には鍵がかかっていなかった。

「自分で開けたってことか？」

「合鍵は松井しか持っていないそうです」

殺害方法は刺殺。

長男の隆一と同じだ。

犯行の凶器も、恐らく同じだろうということだった。

「死因は失血死となりますが、刺し傷の一つは肺に到達しています。老婆である松井には無理な犯行でしょう」

「女である可能性はないということか？」

「若く、体力のある女性ならば可能かもしれませんが、あの婦人には無理でしょう」

酒に酔っていた啓三の抵抗は女性でも凌《しの》げる、というのが検視の報告だった。それほど啓三の血中アルコール濃度は高かった。

それに、啓三の口の中からは繊維が見つかり、何かタオルのようなものを口に押し込まれていた可能性が高く、悲鳴を上げても周囲には響かなかっただろうとのことだった。

「自分から鍵を開けたとなると、顔見知りの犯行だろうな」

「犯人が合鍵を作っていなかったとすれば、だ。松井は老人だ、鍵を取られても気づかなかった可能性もある」

「ではもう一人の家政婦、田中《たなか》にも犯行の可能性がありますね」

「動機がないだろう」

「息子三人に性的な嫌がらせを受けていたとか?」

「下の二人には可能性があるが、長男は女っ気もなく、性的には淡白だったそうだ。可能性は薄いな」

門に設置された防犯カメラに、怪しい映像は映っていなかった。

だが高い塀とはいえ、電流が通っているわけではない、乗り越えようと思えば乗り越えられないことはないだろう。そしてカメラは門のところにしか設置していないのだ。

あれだけ外部からの侵入を注意してくれと言ったのに、犯行後に確認すると、またも風呂場の窓には鍵がかかっていなかった。

「塀を乗り越えて風呂場から侵入したとしても、外部犯なら風呂場の鍵がかかっていなかったのは偶然だ。殺人を偶然に頼るか？」

「焼き切りなら鍵がかかっていても入れるだろう」

焼き切り、とは、ガラスをライターなどで熱した後水をかけ、温度差でガラスにヒビを入れる空き巣の常套《じょうとう》手段だ。

ガラスを叩き割るのと違い、音が出ない上、用意するのはライターとペットボトルの水程度で済むので、犯人は身軽でいられる。

「私は、優香が鍵を開け、外部から男友達を引き入れたと考えます」

一課の刑事の一人が、声を上げた。

「いや、秘書の広瀬の案も捨て切れないと思います」

一同が同意しかけた優香犯人説に異議を申し立てたのは、広瀬を洗っていた所轄の刑事だった。

「どうしてそう思う？　彼には三人が亡くなってもメリットはないんだぞ？　森、清白班が聞いたところでは、優香と結婚ということも考えていなかったようだし」

「金ではなく、怨恨という可能性です」

「怨恨？」

会議室にいる一同の目が、所轄の刑事に集中した。

「広瀬は三人とトラブっていたのか？」

「仲は悪かったそうですが、表立ったトラブルはありませんでした」

答えたのは森さんだ。

だが、広瀬犯行説を唱えた刑事は続けた。

「亡くなった広瀬の両親の事故ですが、犯人は地元の有力者の息子でした。買ってもらったばかりの車を法定速度を超えて走らせ、二人を轢いたのです。しかも、通報せずにそのまま逃げました。広瀬には『金持ちのお坊ちゃん』に対する憎しみがあったのではないかと思われます」

以前広瀬が一瞬見せた敵意剝《む》き出しの表情が頭に浮かぶ。

確かに、広瀬は犯人を憎んでいた。

だが、だからといってそれが三人もの人間の殺害理由になるだろうか？　まして、あの三人は事故とは直接関係がないのに。

「…可能性の一つとして考慮しよう」

それは進行役の管理官にしても同じらしい。

「広瀬が凶器のナイフを購入した可能性を探れ。それと、優香の男関係も調べて昨夜のアリバイがない人間をピックアップしろ。だが、優香が第四の標的になる可能性も忘れるな」

「第三者の犯行については？」

「それも継続だ」

外部説は捨て切れず、だが内部犯行の線が濃い。いずれにしても決定的な証拠はない。

そんなつらい状況だ。

「とにかく、何か摑んでこい。このまま手ぶらで日々を過ごすな」

管理官は語気荒く言い放つと、「これで終了」と言い捨てた。

資産家の息子三人の連続殺人。

世間は面白おかしく騒ぎたて、既に署の外にはマスコミがひしめいている。

管理官はこれからそのマスコミに対して記者会見をせねばならず、そこで『今のところ進展ナシ』の報告をしなければならないのだ。イライラもするだろう。

会議が解散すると、俺は森さんと人の流れに乗って一緒に署を出た。

正面玄関にはテレビカメラが待ち構えていたので、裏口から駐車場へ回る。そこにもマスコミの人間がいたが、「ちょっとお話聞かせてください」という言葉を振り切って車に乗り、署外へ出る。

行く先は、決まっていなかった。

森さんと話し合いをする場所が欲しかっただけだ。

走り続ける車は完全な個室となるから、話をするためだけに走るのだ。

「やられたな…」

森さんがポツリと呟いた。

「おかしいですよ。あんなに厳重に警戒していたのに」

俺も、彼を見ずにぽそりと返す。

「本部は、広瀬と優香のラインに絞るだろう。外部犯説を捨てはしないが、昨日に限って偶然誰かが風呂場の窓を閉め忘れるなんてことはない」

「俺もそう思います」

窓の外を、平穏な日常が流れてゆく。

車が走り、人が歩き、商店は客を招き、住宅には洗濯物がひらめく。世はなべて事もなしという風情。

でも確かに、人は殺されたのだ。

軽口を叩いて俺をからかっていた啓三の姿が思い出される。

犯人かもしれないと疑っていたが、彼は被害者となった。森さんが言っていたように、あの時彼は『次は自分かもしれない』という恐怖を抱えていたのかも。

「お前はどう思う？　広瀬か、優香か、それとも第三者か。誰が犯人だと思う？」

暫く考えてから、俺は答えた。

「広瀬、ですかね」

「お前もか」

遺産相続を考えれば、優香には動機がある。

だが人を殺さなくてはならないほど、彼女は金銭的に逼迫《ひっぱく》していたわけではない。

彼女は浪費家で、男関係も激しかった。けれど父親のカードで金は使い放題だし、父親に男性関係を咎《とが》められた様子もない。

兄達との関係が良好とは言い難かったかもしれないが、憎しみ合ってるようにも見えなかった。

何より、享楽的な彼女と殺人という言葉が結び付かなかったのだ。

一方広瀬はあの家の子供達に嫌悪を見せていた。

だが…。

「広瀬にはメリットがないですから、動機は希薄ですけどね」

そうなのだ。そこがこの推理の弱いところだ。

「さっき出た、轢き逃げしたバカ息子に対する憎しみを転嫁したってのは？」

「犯罪者になるリスクを犯してまで？」

たかが、と言ってはいけないが、自分の憎むべき人間と同じカテゴリーに属しているというだけで、殺人に走るなら、世の中のバカなお坊ちゃまを片端から殺してゆかなくてはならないだろう。

そんなバカな話はない。

もし広瀬の憎しみがそこまで深いというなら、こうも簡単に殺人が露見する方法を取るのもおかしい。

広瀬は頭の良さそうな人間だった。もし殺《や》るなら、もっと上手い方法を考えたはずだ。

優香ではないから広瀬、そんな選択は危険だろうか？

「人の心の闇ってのは外からはわからないもんだ」

かもしれない。

優香にしろ、広瀬にしろ、彼等が犯人ならば、殺人者としての殺意を内包しているわけだが、自分達はそれには気づけなかった。

もし彼等以外なら、尚のことその殺意が見えなかった。

それはとても恐ろしいことだ。

「これからどうします？　本郷邸へ向かいますか？」

ハンドルを切る森さんに声をかける。

「葬儀で留守だろう。本郷氏も疲れてるだろうし、今日のところは遠慮しよう。手ぶらで行ってなじられても得るものはない」

得るものがあるのなら、葬儀だろうが何だろうが関係ないのだが、訊くことすらないのに会いにいく理由はないということか。

「じゃ、今日はどうします？」

「…どうするかな」

打つ手がない。

打開策がない。

調べることは全て調べた。注意すべきことも全て注意した。少なくとも、自分達が考えつくことは。それなのに犯行は行われてしまったのだ。

行われた殺人についてすら、何を調べればいいのかわからない。

「鑑識の結果を待って、突っ込みどころがあったら突っ込む。それまではまた地道な捜査に徹するしかないな」

突っ込みどころが見つかればいいのだけれど…。

「で、地道な捜査って、何です？」

「俺に訊くな」

その望みは薄そうだった。


やはり目を見張る新事実というものを見つけることができず、その日も仕事を終えた。

そのままアパートへ戻ってもよかったが、時間ができたら会いに来て欲しいと言っていた一色の言葉を思い出し、俺は彼のマンションへ向かった。

得るもののない日々が続いたので、ほんの少しだけ彼から何かヒントが得られればという下心もあった。

『今から伺ってよろしいですか』というメールをし、『待っている』という返信をもらってから向かう彼の部屋。

肉体的な疲労は少なかったが、精神的な疲労が大きくて、いつもは緊張する豪華なエントランスも無感動で通り過ぎる。

インターフォンを鳴らすと、扉はまた返事よりも先に開けられ、スーツ姿の一色が迎えに出た。

「やっと来たか」

だが不機嫌そうだ。

「メールしてから真っすぐに来たんですよ？」

「そうじゃない。仕事にかこつけて足が遠のいたことに関してだ」

その言い方にカチンと来る。

「かこつけてって何ですか。本当に仕事だったんです」

「仕事は二十四時間ではないだろう？　私は眠りに来るだけでもいいからおいでと言っておいたはずだ」

「眠るだけじゃ済まないかもしれないじゃないですか」

「そういうことはしないと、先日証明したはずだが？」

そう言われると反論できない。ソファで寝入ってしまった俺を、そのまま寝かせてくれたし、そのことで文句を言ったりはしなかったのだから。

でも、自宅でゆっくりするのと他人の家で休むのは、リラックスの度合いが違う。

「仕事の最中に他人の家に行きたくはないんです。一色さんだって研究に没頭している時には他のことは考えたくないでしょう」

「君のことなら別だ」

「俺はそうではないんです」

俺の言葉に彼は一瞬ムッとしたが、自制する。

「今の言葉は君の仕事に対する集中心であれ、私をないがしろにしたとは取らないでおこう。それで？　今夜は泊まっていくな？」

上から目線の言葉に、今度はこっちがムッとする。

「あなたがあんまり会いたい会いたいって言うから、顔だけ見せにきただけです。泊まりませんよ」

「今から家に帰る方が疲れるだろう」

「まだ考えることが色々あるんです」

「考えたら答えが出るものなのか？」

自分がイライラしているのはわかっていた。打開策が見えないまま三つ目の殺人が起き、手詰まり感があったから。

「答えが出るまで考えるんです」

でもどうしてこの人までイラついているのか。

彼のイライラが伝染して、こちらも余計にイラついてしまう。

「だったら、私が考えてやろう」

そのイライラを隠さぬまま、彼は言い放った。

「一色さんが？」

「見ず知らずの人間が何人殺されようが私には関係ないが、君が私と会う時間がなくなるのは業腹だ。だから面倒だが手伝ってやろう」

自分や、他の警官が今日まで必死に考えて、捜査して、それでも糸口が見つけられなかった事件を、この部屋と大学の研究所を行き来しているだけの一色にわかると？

「確かにあなたは頭がいいと思います」

「だろうな」

「でもそれは専門分野においてでしょう。殺人事件の解決ができるだなんて考え違いもいいところです」

「前にも解決してあげただろう」

「それはあなたのテリトリーである学内で起こったことだからでしょう。人間関係や施設等の知識が警察より豊富だったからです。あなたは一体本郷家の何を知ってるって言うんですか」

「理論的に推察すれば答えは導き出せるものだ」

「警察が理論的ではないって言うんですか？」

「未だに犯人が見つからないのなら、そういうことだろうね」

　ダメだ。

　この人がこういう人だってわかっているではないか。常に自分を上位の立場におき、何でも知ってるという態度で、もったいぶってみせる。そこが魅力でもあるとさえ思っていた。

　でも今は、その態度を受け入れることができなかった。

「警察をバカにしないでください！」

　遂に本気で腹が立ち、声を荒《あら》らげる。

「バカにしているわけではない。ただ習慣化した中での仮説は…」

「結構です。俺はあなたの生徒ではありませんから、どんなご高説も必要ありません。未解決の事件を抱えて忙しいので、今日はこれで失礼します」

「清白」

　玄関先。

　まだ靴も脱いでいなかった俺は、そのまま踵《きびす》を返し、出て行こうとした。

　その腕を取って彼が引き留める。

「待ちなさい」

　だが、俺はそれを乱暴に振りほどいた。

「君が必要だから言っているんだ。これ以上清白に触れられなければ死んでしまうかもしれない」

いつもなら、笑ってしまうか、喜んでしまうようなセリフも、頭の上を通り過ぎる。

「『かもしれない』人より本当に殺された人が優先です。俺は警官ですから」

もしかしたら、本当に彼は自分の気づいていない何かを摑んでいるのかもしれない。

彼ならばあり得なくはないかも、とは思う。

でもここまで警察をバカにされて黙ってお説拝聴とはいかなかった。

「どうぞ一色さんは一色さんのお仕事を頑張ってください。俺は俺の仕事を頑張ります」

「清白」

もう一度手が伸びてくる前に、俺はドアを開け、部屋を出た。

自分の仕事は、頑張れば結果が出るというものじゃない。

それでも頑張らなくては解決に至らない。

だから頑張っているのに、関係ない人間に簡単に解決すると言われたことが腹立たしかった。

まるで、そんな簡単なこともわからないのかと言われたようで。お前は努力が足りないと言われているようで。

自分と同じ方向を見て、同じ苦労をしている人が側にいる間は、何とも思わなかった。でも、彼に否定された気になった時、自分が息が詰まるような閉塞感を覚えているのを自覚した。

疲労と一緒だ。

走り続けていれば気づかなかったものが、立ち止まるとどっと押し寄せてくる。

自分は何もできていない。

今、何もすることがない。

一色が、教えてやろうかと言っても、何を教えてくれるつもりなのかの想像もできない。

それが、悔しかった。

この事件にかかわっている警察官全てより、彼の方が優秀かもしれないと思うとやり切れなかった。

乗り込んだエレベーターが降りてゆく時の落下感が、余計に気分を落ち込ませる。

「…八つ当たりだ」

笑って済ませればよかった。くだらないことを、と一笑に付してしまえばよかった。それでコーヒーの一杯でも飲んで、彼の考えを聞けば、問題はなかったのに。

彼に対する態度が悪かったことに気づいても、謝りに戻ることもできなかった。

今はまだ、自分の仕事をバカにされたという気持ちが大きくて。

彼にそんな気がなかったとしても、それが許せなくて…。

苛立《いらだ》ちを与えたのは、一色だけではなかった。

新聞やテレビが、新しい殺人を面白おかしく書き立てたことも、イライラさせた。

被害者の裏も表も、これでもかというように調べて書き連ね、隆一の金銭にまつわるトラブル、修次のギャンブル癖、啓三の飲酒、優香の浪費癖などが虚実取り混ぜ暴露される。

重太郎《じゅうたろう》の資産、今まで本郷の家とトラブルがあった人間。どこから漏れたのか、それぞれの殺人の状況までも、解説付きで報道された。

そして警察が想像していた通り、素人探偵達の目は、残された一人娘優香と同居している広瀬に向けられた。

優香の一日を追い回し、兄弟が亡くなったというのに遊び回る彼女は、これで本郷家の財産を独り占めすることができる。

この幸運は偶然か？　それとも恐ろしい努力の結果か？　などと書かれたものまであった。

「こういうのを取り締まるのも警察じゃないの！」

自分を悪し様《あざま》に書いた週刊誌の記事を見て優香は怒りを露《あらわ》にし、事情聴取に訪れた俺達を罵《ば》倒《とう》した。

だが、どれほどの怒りを見せても返す言葉がない。

「こういうのは取り締まりできないんですよ。言論の自由ということで」

森さんの答えに、彼女は手にしていた週刊誌を投げつけた。

「デタラメを書くのが言論の自由だなんて、おかしいわ！」

少なくとも、そこに書かれている遊興三昧《ざんまい》は嘘ではないだろうというツッコミもできない怒りだ。

「止めなさい、優香。刑事さんに当たっても仕方がないだろう」

本郷氏の悲しみはより深く、最初に出会った時よりも更に痩せ、一気に老け込んでいる。早回しのフィルムを見ているような変貌《へんぼう》ぶりだ。

痛々しい。

広瀬はそんな主に付き従い、実の息子のように世話を焼いていた。

家族のアリバイは『就寝中』で片付けたが、広瀬は、前日容体を悪くした本郷を心配して同じ部屋で休んだと言われ、警察としては落胆を隠せなかった。

「眠りが浅くて何度も起きてしまった私の側にずっとついていてくれたんです」

そう言って広瀬の手を握り語る本郷氏の証言があっては、寝ているところを抜け出して犯行に及んだ、という考えを捨てざるを得ない。

「そういえば、警察の方にも一応ご報告をしておいた方がいいのかな」

本郷氏の切りだしに、俺達は氏に視線を向けた。

「何です？」

何か犯罪の解決に繋《つな》がる事象でもあったのかと思ったが、そうではなかった。

「実は、広瀬を私の養子にすることにしたんです」

「……え？」

驚きの声を上げたのは、俺達だけではなかった。

つい今し方怒りをぶち撒《ま》けていた優香も、その目を丸くして父親を見た。彼女も、知らされていなかったようだ。

「息子は三人とも亡くなって、跡取りはいなくなりました。このままでは本郷の家もなくなってしまう。広瀬は優秀で、この家を継ぐには十分な資質を持っている。そこで彼にこの家に入ってくれと頼んだのです」

広瀬が…、本郷家の養子に。

彼が、遺産相続人になる。

胸の奥で、何かがざわりと音を立てた。

「しかしお嬢さんが…」

気遣う森さんの言葉に、本郷氏は娘を見た。

「優香はいずれいなくなりますから」

視線を受けた娘の方は、呆然《ぼうぜん》とし、次に唇を噛み締めて怒りに耐えているように見えた。

「…あなたが、お父様をそそのかしたの？」

絞り出す優香の声。

「兄さん達がいなくなったからって、上手く取り入ったわけね」

「優香、止めなさい」

「でもお父様、本郷の家と関係のない人間に全てを渡すおつもりなの？　彼は私達とは無関係なのよ？」

「無関係だからいいのだ」

冷たい響き。

老人は、自分の娘を疑っているのだろうか？

血縁者はこの殺人に動機を持つ。だから無関係な広瀬がいいのだと言いたいのだろうか？

「誤解があるようだが、広瀬は私の誘いを断った。だが私がどうしてもと頼み込んだのだ。この家を潰すわけにはいかないから」

「それなら私が婿《むこ》を取るわ」

彼女の必死な訴えを、父親は無視した。

「書類は現在弁護士に作成させています。一両日中には全て整うでしょう。別に警察に報告する義務はないとは思いますが、伏せていても今の状況ではいずれわかることですから、先に自分の口からお伝えしようと思いましてな」

痩せこけた老人の目は、もう娘を視界に入れていなかった。

まだ握ったままの広瀬の手の甲を、愛《いと》おしそうに撫でている。

「これはいい子です。本当に私のために尽くしてくれる」

「広瀬さんは…、それでよろしいんですか?」

森さんの問いに、彼は頷いた。

「刑事さんが考えていることはよくわかります。私がこの家に入れば色々と口さがない連中に言われるでしょう。ですが、社長のお考えならば受け入れるつもりです。私は、本当に社長にはお世話になりましたから」

彼の態度は、まるで殉教者のように見えた。

本気で、頼まれたから仕方なく引き受けると言っているように見える。

「こんな家を任せるのは気が引けるが、彼ならば全て上手くやってくれるでしょう」

「私は認めないわ！　お父様は気が弱くなってるのよ。よくお考えになって。広瀬が兄さん達を殺した可能性だってあるのよ？　本気でそんなバカなことを考えてるとしても、せめて犯人が捕まるまで待つべきだわ」

「広瀬は犯人ではない」

きっぱりとした口調で、本郷氏は否定した。

そして俺達の存在に気づいて続けた。

「彼には隆一達を手に掛ける理由などなかっただろう。彼を養子にするというのは、私が決めたことで、彼は私が昨日それを告げるまで知らなかったのだから」

「昨日決めたのですか？」

俺は確認を取るように訊いた。

「ええ」

「それまでは誰にも相談もなさらなかった？」

「ええ」

優香は、自分の言葉が父親に届かなかったことに腹を立てたのか、自分抜きで会話が進むことが許せなかったのか、何も言わずに席を立つと部屋から出て行った。

「お嬢さんは不満なようですな」

森さんが言うと、わかっているというように本郷氏は頷いた。

「…あれは母親にそっくりです。まあ優香の考えていることはわかります。あの娘の望むものもわかっているつもりです。満足のいくようにすれば文句も出ないでしょう。娘はいつかは嫁にいってしまう。そうしたら私は一人になってしまいます。だから、広瀬にいてもらいたいのです」

娘が、財産分与が減るから父親が亡くなるまで嫁がない、と友人に漏らしていたことを、老人は知らないのだろう。

「私もね、もう歳ですから、全てをちゃんと整えておきたいんです」

どこか遠くを見ながら、老人は言った。

「たつ鳥後を濁さず、ですよ」

この老人の決定が、更なる濁りを生むことも知らず。


「本郷重太郎に男色の気があるって話はなかったよな」

帰りの車の中、森さんが言った。

「結婚して子供が四人もいるのに？」

「『いた』だろ。まあそれはそうなんだが、さっきの広瀬に対する態度を見てるとなぁ。何か、もう逃がさないって感じがして」

手を握り、放そうとしなかったことを言っているのだろう。

「俺はそれなら、広瀬が隠し子って考えの方を取りますけど」

俺にはあの好意は恋愛には見えなかった。

老人が、宝物を愛《め》でるように見えた。

「それはない。広瀬を洗ってる連中が一番に調べたのがそれだが、亡くなった広瀬の父親は広瀬にそっくりだったそうだ」

自分も、捜査会議でその写真は見た。

広瀬と同じく細面で、和風な顔立ちの男性だった。

「三代遡《さかのぼ》って調べたらしいが、全く関係なかったそうだ」

「本郷の会社に勤めたのも、普通に就職試験を受けて、でしたものね」

「なのにあの入れ込みようだ。娘の反応見ただろう？」

「彼女としては当然でしょうね。兄が亡くなって全てが自分のものになると思ったら、赤の他人が割り込んできたんですから。そういえば、本郷の亡くなった奥さんが優香に似てたと言ってましたが、奥さんのことは誰か調べてるんですか？」

「調べてないだろう。もう十年も前に亡くなってるんだぞ？　今回のことには無関係だ」

「…ですよね」

そんな些細《ささい》なことでも気にかかるというのは、他に手掛かりがなさすぎるからかな。

「不謹慎だが、四人目が誰になるかが問題だな」

「四人目？」

「犯人は捕まってないって啖呵《たんか》切ったのはお前だろう。もし四人目が広瀬なら、犯人は優香。優香が殺されたら広瀬ってことにならないか？」

「そう単純にいきますかね」

答えながら、俺は背中に寒気を感じた。

密室、とは言わないが、閉ざされた場所での殺人。

鑑識の報告では、指紋も靴跡も出なかったらしい。もちろん、凶器もだ。

警邏の警官の隙をついたにしても、外部から侵入したとはどうしても思えない。森さんの言う二択は、捜査本部の考えでもある。

「血は…」

「うん？」

「啓三を殺害した時の返り血とか浴びなかったんでしょうかね？　かなりの出血だったわけでしょう？」

「現場で着替えたのかもな」

「繊維痕は？」

「ナイロンのヤッケでも着込んでたら、繊維も落ちないだろう。それに、個人の私室だ、服の繊維はいっぱい落ちてるさ」

「啓三の持っていない服の繊維が落ちてたら？」

「それを調べさせるのは酷だろう。あの部屋には俺達も入ったし、広瀬や優香、家政婦達も出入りしてるんだから」

「ですよね…」

やっぱり手詰まりだ。

「こう、マンガや小説みたいに、名探偵登場ってならないかねぇ。俺なら歓迎するよ」

「歓迎するんですか？」

「ホームズのワトソンになるのも悪くない」

「ホームズには警部も出てますよ。確か、レストレード警部だったかな？」

「へえ、そいつはホームズの役に立ってるのか？」

「多分。子供の頃に読んだだけなので、あまり覚えてませんが」

森さんが『名探偵』と言った時、ふっと彼のことが頭を過《よぎ》った。

一色だ。

彼なら、ホームズというよりエラリー・クイーンと言った方がいいかもしれないが。

あの日、ケンカ別れをしてから、俺は彼に会いに行っていなかった。

謝らなければいけないという考えは頭の片隅にあったが、忙しさを理由に足を向けることができなかった。

一色からは何度かメールが入っていたが、その内容がシャクに障《さわ》るということもある。

『早く解決しなさい』だとか、『まだ私に会いたくないのか』と言われると、素直に謝りたいという気持ちにはなれない。

「広瀬が養子になったって事実を知ったら、ブン屋さん達も大騒ぎだろうな」

「ええ。でもその前に捜査本部が大騒ぎですよ」

その通りだった。

署に戻って会議室に残っている者達に『広瀬が本郷の養子になる』と告げると、低い驚きの声が上がった。

「広瀬はそれを待ってたのか？」

そう考えるのも当然だろう。

「本郷は昨日それを決めたそうです」

答えても、納得はできないという雰囲気だ。

「だがもしかしたら前々からそういう話が出ていたのかもしれないぞ」

「すぐに会社の人間に訊いてみろ」

「まだ外部には漏れてませんから、情報漏洩《ろうえい》には気を付けて」

「取り敢えず、みんなを集めろ。捜査方針の練り直しだ」

優香との結婚を狙っているのでは？　という考えはもう出ていた。けれどダイレクトに本郷の息子になるということは考えていなかった。

広瀬は優香より年上だし、男子だ。男女の差別のない世の中と言っても、本郷自身の意向もあり、本郷の財産の全ては、彼が亡くなった後、広瀬に譲られることになるだろう。もちろん、会社も。

もしも彼がこうなることを知っていたとしたら、殺人の動機は一気に膨らむ。

だが…。

本郷氏がそれを決めたのは昨日、つまり三つの殺人が終わってからだった。

すぐに周辺に聞き込みに行った者達の調べでは、広瀬も、本郷も、そういう話をしていたことはないということだった。

　また犯行時刻のアリバイも、隆一、修次の二人の時には単なる就寝中で疑いの余地があるが、啓三の時には本郷自身が証言している以上何も言えない。

　未だ優香の犯行説も残っているので、大きな動機がある人間は二人。

　犯行の可能性がある人間は更に多い。

　なのにまだ証拠が一つも得られない。

　凶器の発見も、本郷邸に侵入した痕跡も、目撃者も、何もだ。

　八方塞がりの中、俺は個人の感情より仕事を優先する覚悟を決めた。

　一色に相談しよう。

　彼が何かを摑んでいるのなら、それがどんなに些細なことでも、ゼロよりはマシだ。

　見当違いのことを言い出したら、それはそれで溜飲《りゅういん》も下がる。警察だってそれぐらいのことは考えていた、と。

　そして俺は、仕事が終わるとそのまま彼のマンションへ向かった。

　もう、彼しか頼るものがないという事実には目を伏せて…。

「今日は公務で来ました」

マンションの扉が開き、彼が目の前に立った途端、俺はそう言った。

「私が警察のやっかいになるようなことをした、と？」

切れ長の綺麗《きれい》な目が、眼鏡《めがね》のレンズの向こうで不快そうに細められる。

会えない、と言い続けていたのに、仕事ならば来るのだな、という無言の怒りだ。

「いいえ。警察官として、一色《いっしき》さんにご意見を伺いに来たんです」

このセリフを言うのに、俺のプライドは大きく傷ついたが、今はそれよりも優先することがある。

「バカにしてる、と言ったことは取り消すわけだ」

「はい」

彼の目を見つめたまま答えると、戸口を塞《ふさ》ぐように立っていた彼は身体《からだ》を退けて入れと促した。

「君のその潔いところは美徳だ。間違いを改めるに憚《はばか》ることなかれ、だな。今日はコーヒーを飲む時間ぐらいあるんだろう？」

「長くなるようでしたら」

広いリビングに入り、黒いソファに腰を下ろす。

本郷《ほんごう》邸といい、ここといい、自分とは掛け離れた空間だ。

一色は少し濃いめのコーヒーを淹《い》れて戻ってくると、隣に座った。

「…先日は、すみませんでした。言い過ぎました」

まずは、謝罪を口にする。

「イライラしていて、八つ当たりしました」

彼は、足を組んで自分のカップに口を付けた。

「清白《すずしろ》は、理性的な人間だ。感情に流されるところもあるが、そこは人間らしいと思っていいだろう。私や誰かに言われるまでもなく、こうして自分の非を認められるのは、君の長所だ。けれど、それが私への気持ちではなく、仕事のためだというところが、いささか不満だな」

「個人的にも、申し訳ないと思っています」

そういうと、彼は初めてその顔に笑みを浮かべた。

「私に会いたかった？」

「仕事中には恋愛のことは考えません」

「だが私との関係を恋愛とは認識している」

「していなければ、あなたと夜を過ごしたりしません」

「夜を過ごす、か。詩的な言い回しだな」

俺も自分の分のカップを手にした。

香りからして濃いとわかっていたコーヒーは、舌に苦かったが、その苦みが心地よかった。

「捜査に協力してあげる代わりに、今夜は共に『夜を過ごして』くれるな？」

「それはお断りします」

そこに関しては、はっきりと拒絶した。

「言ったはずです。俺は自分の身体を取引材料にはしない、と。一度でもそういうことをすれば、俺があなたを見る目は恋人に対するものではなくなる、と思ってください」

「…いいだろう。わかった。だがこれだけは約束してくれ。この事件が終わったら、君は私の欲求を満たす、と」

「欲求って…」

「せっかく君を手に入れたと思ったのに、私は君に会うこともままならない。セックスが全てではないが、愛《いと》しい者を抱きたいというのは当然の欲求だ。なのに自身のアメリカ行きにこの事件とあって、抱き締めることもキスすることもできない。まさに飢餓状態だよ」

「…そんな大袈裟《おおげさ》な」

「大袈裟なものか。君は私にとって必須だ。自分が誰かをここまで欲するようになるとは、自分でも思っていなかった。だがなってしまったからには受け入れるしかない。私は、君がいなければ本当に死んでしまうかもしれない」

真面目…、に言っているのだろう。

この人が冗談を言うとは思えない。

でも日本男児としては面映ゆい告白だ。

「わかりました。約束します。事件が解決して、プライベートに戻ったら、その時間は全てあなたとともに過ごすと。これは取引ではなく、俺もあなたと一緒にいたいと思うからです」

「いいだろう。ならばヒントを上げよう」

「ヒントだけですか？」

問い返すと、彼は肩を竦《すく》めた。

「私だって万能ではない。知らない事実があれば推論しか立てられない。そして学者として、推論だけをべらべら喋《しゃべ》るのは矜持《きょうじ》に反する」

「わかりました」

「その前に、五分だけプライベートに戻らないか？」

「五分だけ？　いいですけど…」

答えるが早いか、彼は手にしていたカップをテーブルに置き、いきなり俺に覆いかぶさってきた。

「いっし…」

唇が唇に重なる。

五分だけ、とはこういうことか。

背に回される腕。

彼のコロンの香りが鼻腔《びこう》をくすぐる。

キスは、軽いものではなく舌を使った濃厚なものだった。

彼が、心から俺を求め、待っていてくれたと伝わるキスだった。

身体の中に押し込めていた、彼を求める俺の気持ちを呼び覚ますほどに。

『助けて』と言いたかった。『何とかしてください』と頼みたかった。森《もり》さんが口にしたように、名探偵登場を望む気持ちは、自分にもあったのだ。

この手詰まりな状況を打破してくれる誰かを求める気持ちが。

そしてそれは一色以外にはあり得ないと思っていた。理屈では、部外者の彼に何がわかると言っていても、こうして自信に満ちた彼の前にいると、やはり『彼ならば』、という気持ちが溢《あふ》れ出てしまう。

同時に、自覚していなかった辛《つら》さや苦しさも、感じた。

キスで、唇が塞がれていてよかった。

でなければ何を言い出したか。

でも身体は動いた。

口の中で淫靡《いんび》な動きをする舌に応え、抱き締めてくれる彼の背中に手を伸ばし、シャツの背中を摑《つか》む。

求められている、愛されている、という実感に、身体が熱くなる。

押し切られたら、このまま続きをされてしまいそうだった。

だが、彼はキスしたまま、ちらりと自分の腕時計を見ると、きっかり五分で唇を離した。

「…五分は短いな」

俺もそう思う。

でも、もっとしてもいいと言ったら、全てがなし崩しになってしまいそうなので、それを我慢して居ずまいを正した。

「ヒントをください」

「キスの余韻も冷めやらぬうちにその質問は、キスが取引に使われた気にならないか？」

「なりません」

「…のようだな」

彼はにやりと笑った。

「頬《ほお》が赤い」

悔しい。こういうことは彼の方が圧倒的に経験値が高くて、負けっぱなしだ。

けれどそれで彼は満足したようで、またコーヒーのカップを取ると、リラックスしたようにソファに身を沈めた。

「先日私が言った言葉を覚えてるか？」

「解決してやろう、ですか？」

「違う。殺意はバクテリオファージのようなものだ、と言ったことだ」

ああ、あれか。

「覚えていますが、意味はわかりませんでした。バクテリオファージは細菌を食うウイルスだということは調べましたが…」

「そう。簡単に説明すると、バクテリオファージはウイルスで、ウイルスは生物ではない」

「え？　そうなんですか？　てっきり細菌の一種かと」

「ウイルスはいわば粒子だな、タンパク質と核酸だけで構成されている。ウイルスは宿主となったもの、バクテリオファージの場合はバクテリアとなるわけだが、その宿主が自分のために生成しているエネルギーを利用し、宿主の遺伝情報を書き換えて自分のものとして増殖する。

食らうのは中身だけで、外見は元の宿主のままだ」

「はあ…」

「殺意とは、そういうものだ。外見の変化はないが、内側を侵食する。そして本来別のものに使われるべきエネルギーを使用しながら膨張し、増殖してゆく」

「…つまり、外見上殺人者に見えない者が、他のことに向ける情熱を殺人に傾けてる、と言いたいんですか？」

一色はにっこりと笑った。

「優秀な生徒だな」

どうやら正解だったようだ。

「でもそれが何のヒントなんです？」

「君達警察は、『怪しい人物』を捜査するだろう。つまり変質の起きているものを探そうとしている。だが、私は外見上の変化のない者も『怪しい』と考える。外皮は所詮《しょせん》外皮。内側まで調べなければそれが正常とは言い切れない、とね」

「捜査線上に上がっていない人物にも焦点を当てろ、というんですね？」

胸が、ドキドキしていた。

さっきキスされた時とは違う動悸《どうき》だ。

子供が探偵小説の謎解き部分を読んでいるような。

「まずそのことを念頭に置きたまえ」

「ですが、関係者は全て洗ってます。過去の交友関係や、会社のトラブルも」

「それは無意味な作業だから止《や》めるといい」

「無意味？　でも今、怪しくない者も調べろと…」

「そうだ。過去の交友関係や、トラブルの相手は、警察が『怪しい』と考えたからこそ調べた者達だろう？」

…言う通りだ。

対象になった時点で、その人は警察が『もしかしたら』と疑ったことになるのだから。

けれど、それ以外の人間なんて、誰がいるのだろう。

「一色さんは、ひょっとして犯人の目星を付けているんですか？」

戯《たわむ》れに訊《き》いたつもりだった。断定的な口調だったから、何人かをリストアップしているのかな、という程度の。

だが彼は少し難しい顔をした後、ポツリと呟《つぶや》いた。

「その人物以外、考えられない。少なくとも、今私が手に入る情報では」

「……え？」

「だがまだ確証には至らない。幾つか知りたいことがあるが、私にはそれを調べる手段がない。警察ならば可能だろうが」

確証がないと言うからには、今『誰です』と訊いても答えてくれないのだろう。

「その人物を特定するためのヒントは与えてくれないんですか?」

「遺伝と本能、と言っておこう」

「遺伝と本能?」

また比喩《ひゆ》か。

俺は理系の人間じゃないから、わかりにくいのに。

「清白は優性遺伝という言葉を知っているかい?」

「それぐらいわかります」

中学の時に習ったことだ。

「ショウジョウバエの目が赤いとか何とかって話ですよね?」

「優性遺伝は、遺伝する性質のうち顕著に現れるもののことを指す。黒髪と金髪では、黒髪が優性遺伝となる。だが、それは決して黒髪が金髪にものごとの性質として勝る、というものではない。伝達される際に優勢であるということに過ぎない。優秀だから優性遺伝、劣悪だから劣性遺伝というわけではないのだ」

「そうなんですか？　じゃあ悪い要素の方が伝わり続けるということもあるんですね」

　これもまた正解だったようで、彼はまた微笑《ほほえ》んだ。

「微生物に複雑な思考はない。少なくとも今はそう思われている。生存、生殖の本能だけだと。だが人だとてその『本能』は持っている。生き物は全て、だ」

「それはわかります。…これは本能の殺人なのですか？」

「どうかな。だが、本能だと思えば、私は理解できる。ただ…」

　一色はそこで言い澱《よど》んだ。

「ただ？」

「ただ一つわからないことがある」

「何ですか？」

「何故『今』なのか、だ」

　彼はカップを置き、顎《あご》に手を当てて考え込んだ。

「もっと早い時期でもわかっただろう。早い方がことは簡単だったはずだ。なのにどうして今になって、こんな派手なやり方を選んだのか。それが私の疑問だ」

　早い方…？

「もしも君が私に全面解決を望む時が来たら、もう少し詳しく調べてみよう。だが今はここまでだな」

「一つ伺ってよろしいですか？」

「何かね？」

「一色さんの情報ソースは何だったんですか？」

彼と同じ思考はできなくても、材料がわかれば追いかけることはできるかもしれない。

だが答えは期待したほどのものではなかった。

「それは君、ネットだよ。私は週刊誌などは読まないし、自分に無関係な物事のためにどこかへ足を運ぶなんてことはしないからね」

話はそこで終わりだった。

怪しくない人物、遺伝と本能。

わかったようなわからないようなヒントだ。

でも一色には全てがわかっている。いや、わかっていなかったとしても、彼の中では理路整然と『犯人』にたどり着く道筋があるのだ。

ならば自分にもその道が見えるかもしれない。

「夕食はどうする？」

「今伺ったことを検討しに捜査本部へ戻らないと」

一色は子供のように口を尖《とが》らせた。

「君は自分を過小評価している。私にとってどれだけ清白が重要なファクターか…」

「わかってますよ」

彼の言葉を遮って、俺は言った。

「俺が五分とはいえ、仕事中にあなたにプライベートを差し上げたことや、頭を下げに来たのは、自分にとってあなたが重要だからです。何より、男の俺があなたの『恋人』を自負していることを、一色さんの方こそもっと重く考えてください。俺はあなたほどリベラルな人間じゃないんですから」

一色は、黙ったまま動きを止めた。

「私と君の感覚は違う、か…」

「気持ちが同じでも、言動まで同じようにはできません。人はそれぞれなんです」

「その通りだな。では、最後に君の言葉で、私のことを言い表してくれ」

真剣な眼差しが正面から俺を見る。

何で今そんなことを言わなくてはならないのか。まだ事件が片付いていないのに。しかも本人を前にしてどう思っているか、だなんて。

けれど一色はじっと待っていた。

絶対に言うまで許さないという顔で。

「…それも、事件が終わったら言います」

真っすぐすぎて、気恥ずかしくなる。

「私は今聞きたいんだぞ」

「今短い言葉で言われるのと、後でゆっくり聞かせるのとどっちがいいですか。全部終わったら、俺の全てを自由にできるんですから、今小出しにしなくたっていいでしょう」

だからそう言ってしまったのだが、言ってから後悔した。

「いいだろう。終わったら、君の全てを自由にさせてもらうからな」

「今のは言葉のあやで…」

「確かに聞いた。公務中の警官の言葉だ、嘘偽《うそ》りはないだろう」

してやったりの顔に、ここまで計算して追い詰めたのではないかと疑うくらいだ。

「じゃあもういいですね。行きます」

俺はそそくさと立ち上がった。

一色はすっかり機嫌をよくして、立ち上がった俺の後について玄関先まで見送ってくれた。

「早く事件が解決することを楽しみにしてるよ。頑張りたまえ」

励ます言葉もくれたけれど、もう空々しくしか聞こえない。全く子供みたいだ。子供みたいで…、ちょっと可愛《かわい》く思えなくもないか。

「言われなくても頑張ります」

彼のくれたヒントを考えるために、俺は彼の部屋を後にした。よくわからないヒントは別として、彼の顔を見て少しだけ緊張を解いたことを自覚して。

外で一人で夕食を摂《と》ってから署に戻ると、俺はちょっと気になることがあるからと捜査資料をもう一度ひっくりかえしてみた。

夜になり、人の少なくなった捜査本部。

長テーブルの上に置かれた共用パソコンを立ち上げ、ファイルを呼び出す。

そこには、ズラリと名前が並び、本郷家との関係や考えられる動機が書かれていた。

警察が調べる関係者は『怪しい』人物だから排除していいとは言われたけれど、全く無関係の人間が犯人とは思えない。

取《と》り敢《あ》えず、関係者リストに挙がっているのは、被害者家族である父親の本郷重太郎《じゅうたろう》、妹の優香《ゆうか》。新しく家族の一員となった広瀬祐一《ひろせゆういち》。家政婦の松井《まつい》と田中《たなか》。近隣の住人と被害者それぞれの友人、会社の関係者。

だが『怪しい』からリストに載せた人間、を排除するとなるとぐっと減る。

そもそも怪しくない人間で犯人っぽい人間というのはどういう人間のことをいうのだろう。

それとも犯人っぽくない人間という意味なのか？

犯人っぽくないというと、被害者が亡くなったことにより利益を得ることがない人間ということになる。怪しいと思うのは、被害者が亡くなった方が利益がある者と思われる者なのだから。

けれど、利益も得ないのに人を殺すだろうか？

毒殺ならばまだわからないではない。『死』が犯人から遠いところにあり、苦しむ被害者を見ないで済ませることができるだろうから。だが、刺殺や絞殺は人間に手を掛ける。被害者の絶命までのもがき苦しむ姿を見なければならない。隆一《りゅういち》や啓三《けいぞう》など、手にした凶器が人の身体を貫く感覚をその手に感じていたはずだ。

そこには殺意に至る動機が必要だ。

でなければ、快楽殺人ということになってしまう。

わざわざ高い塀を乗り越え、家人に見つかるかもしれない場所へ忍び込み、特定の人物を殺害する快楽殺人？

あまり考えられないな。

「清白」

リストを前に考え込んでいると、聞き慣れた声に呼ばれた。

「何だ、まだ残ってたのか？」

声をかけてきたのは綾瀬《あやせ》さんだ。

「相棒は？」

「森さんはもう帰りました。俺はちょっと気になることがあったので…」

綾瀬さんの隣には、所轄の若い刑事が立っていた。

「気になること？」

「いえ、ほんのちょっとなんですけど」

「何だい？」

ここで一色の名前を出すことは憚られたし、彼のヒントは明確ではないから説明しにくい。

「怪しくない関係者って誰かなあ、と」

「怪しくない関係者？」

綾瀬さんは向かい側に座り、俺の前にあるパソコンのモニターを横合いから覗《のぞ》き込んだ。

「被害者の親である本郷、家政婦の二人、本郷の従兄弟《いとこ》の佐藤高一《さとうこういち》ぐらいか？　三人の友人は考えようによっては利害関係があるかもしれないからな」

「ですよねぇ…」

でも、息子を三人も失って、目に見えるほど憔悴《しょうすい》している父親や、これといったトラブルもなく三人が亡くなったからと言って利益を得るわけでもない家政婦。本家の本郷を恨むならわかるけれど仕事をもらって本郷家に頼っている従兄弟の佐藤を犯人と考えるのは無理があるだろう。

「怪しくない人間を探してどうしようって言うんだ？　参考意見でも訊く気か？」

「そうじゃないですけど…」

言ってる間に、また一群れの刑事達が戻ってきた。

「綾瀬さん、清白」

その中の一人、本庁の岡部《おかべ》さんが俺達を見つけて近寄ってくる。

「何やってるんです？」

「怪しくない人物を調べてるんだとさ」

岡部さんの問いに、綾瀬さんが答えた。

「怪しくない？　そんなもの調べて何かあるんですか？」

岡部さんは俺より年上だが、綾瀬さんよりは年下なので、敬語を使った。

「さあな。で？　そっちは？　遠い親戚ってのを調べてたんだろう？」

綾瀬さんの言葉に、岡部さんはほうっとため息をついて、俺の隣の椅子《いす》を引いて腰を下ろした。

「いやもう、驚きですよ」

「驚き？」

「本郷重太郎には、弟と妹がいたんですが、弟はヤクザとケンカして殺されたんです」

「ええっ？」

意外な事実に、俺も綾瀬さん達も声を上げた。

「妹は男と会社の金を持ち逃げして行方不明になって、七年で死亡宣告を出したそうです」

「兄弟、いないんだと思ってました…」

「二人とも死んだ人間ってことになってるし、世間体《てい》を考えて、いなかったことにしたんだろう。更に溯《さかのぼ》って重太郎の父親っていうのが浪費家で、本郷家の財産を食い潰《つぶ》した。放蕩三昧《ほうとうざんまい》で身体を壊して、重太郎が跡を継いで貸しビル業を始めたから何とかなったらしいけど、父親が長生きしてたら危なかったらしい」

本郷が土地を手放したのは、時勢のせいだけじゃなかったのか。

「で、その父親にも兄弟がいたんだけど、弟は酒飲みで、結局結核で亡くなった。妹は佐藤高一の父親と結婚したんだけど、これが色狂い。結婚前から男関係が激しかった」

「そんなのとよく結婚したな」

「政略結婚ですよ。従兄弟と言っても、佐藤高一は父親が外で生ませた子供、重太郎の妻になった方は、母親が愛人との間に作った子供だったんじゃないかって噂です」

「揃《そろ》いも揃ってだな…」

「いやな感じですよ。本郷の息子は三人ともロクなもんじゃない。細かいトラブルまで追ってたらキリがなくて」

「守銭奴とギャンブル狂と飲ん兵衛だろ？」

「ええ。しかもそれが普通じゃない。隆一は他人に金は払わないが自分では貯め込むタイプで、付き合っていた女にも、別れる時にお前に使った金を返せと言って大ゲンカ。修次《しゅうじ》はやはりアングラのカジノに出入りしていて、逮捕歴がありました。啓三は既にアルコール依存症に近かったんじゃないかな？　その上優香の買い物癖。もう遺伝としかいいようがないですね」

「遺伝…？」

　偶然出たその言葉に、俺はドキリとした。

「一族郎党そんなんばっかりで、早死に。唯一生き残ったのが本郷重太郎だけ。佐藤を除けば、一番近い親戚は、重太郎の母親の兄の子供で、本郷家の遺産相続の権利はない。本郷の家が全員死に絶えでもしない限りね」

ものの性質として劣悪でも、表に出るものが優性遺伝。

だとすると、本郷の家の優性遺伝因子は『ロクでもない人間』ってことか？

「残った重太郎がまともでよかったな」

それが遺伝しなかった唯一の人間が本郷重太郎。

「でも子供がいなけりゃ家は残らないでしょう」

「そこで広瀬になるわけだ」

遺伝から外れるのが、広瀬。

…何だろう。

何かが引っ掛かる。

これが、一色の言っていた『遺伝』の正体なのか？

でもだとしたら本能は何だ？

「綾瀬さん、生き物の本能って何でしょう？」

問いかけると、綾瀬さんは何を言い出すのかという顔で俺を見た。

「食欲、性欲、睡眠欲だろ？」

「それ以外は？」

「それ以外？　何かあるか？」

助けを求めるように岡部さんを見ると、岡部さんは捻《ひね》り出すように言った。

「生存本能とか？　死にたくないってのも本能らしいぞ」

殺される前に殺したということなのだろうか？

ロクでもない遺伝の結果として、殺人を犯してもいいと思うようになっていることに気づいて、先に手を出した？

だとしたら、あの三人が殺そうとした人物が犯人となる。それならその人物は？

「本郷の息子達が殺したいと思うような人間っていますかね？」

「息子を殺したいじゃなく、息子達が殺したい、か？」

「そうです」

「そりゃ広瀬だろう。養子の話を聞き込んでたら、跡取りに相応《ふさわ》しいのは広瀬ってことになるかもしれない。そうなる前に排除したかっただろうな」

「そうか。広瀬が先手を打ったって考えか」

ぼんやりとしていた俺の思考を読むかのように、岡部さんが言った。

だが、言葉にされても、どうも釈然としない。

殺される前に殺す、というほど彼等の関係が逼迫《ひっぱく》していたとは思えないし、養子になる前に犯罪が立証されれば、元の木阿弥《もくあみ》だ。そんな危ないことをするだろうか？

三人の息子に広瀬を殺すほどの度胸があったとも思えない。

「やっぱり広瀬だろうなぁ」

岡部さんの言葉を、俺は心の中で繰り返してみた。

やっぱり広瀬…。本当に？

俺は時計を見た。

まだ夜の九時前だ。

もう一度一色の部屋を訪れることができる時間だ。

彼に、この答えをぶつけてみようか？

まだ釈然としないけれど、彼の言ったキーワードには当てはまる人物がいた。たった一つを除いて。

彼は『怪しくない』人間が犯人のように言ったが、広瀬は、一番『怪しい』人物なのだ。

知りたい。

彼の持っている答えが知りたい。自分の出した答えが正解なのかどうかが知りたい。曖昧《あいまい》だったヒントを中途半端に解いてしまったから、答えが気にかかる。

さっき別れたばかりでもう一度行ったら笑われるだろうか？

いいや、一色ならば笑ったりはしないだろう。間違いは間違いと正してくれるはずだ。そうしたらまた考えればいい。

「犯人、捕まえたいですよね？」

ダメ押しのように、俺はその場にいた者に問いかけた。

「当たり前だろう。次があるのかもしれないんだから」

そうだ。

これ以上の殺人はくい止めなくては。

「俺、お先に失礼します」

「ん？　ああ」

犯罪を未然に防ぐ。

その大義名分を胸に、俺は再び一色の元へ向かった。

もう少しだけ真実に近づきたくて。

「広瀬が犯人ですか？」

部屋に入るなり、俺は自分が出した答えを一色にぶつけた。

だが、彼の表情がそれを『正しい』とは言っていなかった。

「どうしてその答えに至ったのかね？」

「遺伝と本能といいましたよね？　遺伝は本郷の家のロクでもない人間性のことで、本郷の息子達が殺人を企てる可能性があったから。本能はその殺意を察した広瀬が、生存本能に従って、自分の身を守るために先に手を出した」

彼は、軽く首を横に振った。

「それが清白の答えか？」

残念そうな声。

違うのだ。

これは正解ではないのだ。

「いいえ。その答えには行き着きましたが、あなたの言う『怪しくない』人物という条件にはあてはまりませんでした。だから訊きにきたんです」

「私の考察とは違う」

「広瀬が犯人ではないんですね？」

「私が君に話した相手ではない」

「では誰を考えてるんですか？」

目が合う。

すっと彼の目が細まる。

無表情のまま彼は俺を見つめていた。

その口元が笑うように歪《ゆが》む。でも困っているようにも見える。呆《あき》れているようにも見える。

「諸手《もろて》を挙げて降参ってことかね？」

降参、と言われてムッとする。

だがすぐに思い直した。

勝ち負けではない。

三人も殺した犯人を捕まえるためだ。これ以上の犯罪を行わせないためだ。

「それでもいいです。あなたの推察を教えてください」

「推察だけでは…」

「推察だけじゃ教えられないというなら、俺にももっとわかるようにヒントを教えてください。お願いします」

深く頭を下げ、お願いする。

「…入りなさい」

それを受けて一色は俺を招き入れた。

いつものリビングへ向かい、ソファへ並んで腰を下ろす。

「遺伝の問題に関しては、私の考えと一緒だ。本郷の家には正常ではない人間性が遺伝している。被害者達のSNSを見ると、それがよくわかる」

「SNS?」

「自分が今何をしているか、これから何がしたいか、本人のみが武勇伝と思い込んでいる事象が書き込まれていた。殺された三人とも、中身のない酷い書き込みだった。私は心理分析のエキスパートではないが、頭の中身の程度が知れる」

警察の調べでも、その事実は確認していた。

被害者周辺のトラブルを調べるために。

「次に、被害者の家族関係を調べてみた。すると亡くなっている者についても、本郷の人間はロクでもないようだ。本郷重太郎の兄弟や彼の父親については?」

「知っています」

「そうか。では本郷の家の人間がどういうものだか、わかるね?」

「本郷重太郎氏以外は、確かにひどい人間ばかりでした」

一色はふっ、と笑いを漏らした。

「優性遺伝とはいえ、必ず全てにおいて同じものが現れるわけではない。それは幾つもの遺伝子が組み合わさるからだ。その組み合わせによっては、劣性遺伝が現れることもある。だから、君が本郷だけが遺伝の鎖から逃れられたと考えたのは当然だろう。だが、もし、彼もまた遺伝の鎖に取り込まれているとしたら？」

「…本郷にも何か性格の異常がある、と？」

彼はそれには答えなかった。

「本能が生存本能だと考えたのも、悪いことではない。本能は一つだけしかないわけではないが、その全てが『生き残る』ために動くものだ。その意味で言えば、生存本能はその根幹だろう。だが、それは個人に関しては、だ」

「個人ではない本能が問題なんですか？」

胸が、ドキドキする。

ときめきではなく、期待でもなく、不安で。

「群れとしての本能の中には、より良い個体の選別というものがある。群れとして生き残るためには、生存の可能性の薄い個体を見捨てたり、群れから排除するべきだという無意識の意識が働く。たとえば、身体の欠損、生体としての虚弱。微生物であろうと大型の動物であろうと、種として生き延びるための行動だ」

彼の言わんとすることがわかる。

たった一つヒントが追加されただけで、一色が示す人間の影が浮かんだ。

「でも、『彼』は……!」

「殺意はバクテリオファージのように、外見だけではわからない。内部で侵食し、増殖する。ある一つの『殺さなくては』という考えが、外部に吐き出されることなく、増えてゆくのだ。話し方が嫌い、服のセンスが嫌い、そんな些細《ささい》な嫌悪感が、増殖してゆくうちにこれは排除しなければならないに変化してゆく」

排除、が殺人になるわけか。

「明日、私を本郷邸へ連れて行きなさい」

「一色さんを?」

「本人に確かめたいことがある」

「あなたが言っていた疑問ですか? 何故今なのか、という」

「そうだ。それを確かめたら、指摘してあげよう。その顔では大体推察がついたようだが、もっと詳しく、わかりやすく説明をしてあげよう。『彼』の考え方も、何もかも」

「でもアリバイが…」

「アリバイは誰が証明しているのかね? その相手と利害関係があるのではないかね?」

「……あります」

「それではアリバイの立証には至らない」

その通りだ。利害関係がある場合は疑うべきだ。

「ましてや、今となってはその証言は警察としても受け入れられないものになっただろう。立場が変わったからね」

「俺は…、信じられません」

「ならば止めておくか？　あと一人で全てが終わる。それ以上の殺人は起こらないだろう」

確証を持って、彼は言った。

その一人を見逃せば、事件は終わるというように。

だが相手が誰であろうと、どういう理由であろうと、殺人を見逃すなどということは、俺にはできない。

「あなたを…、医師として連れて行くことにします。監察医として」

「医師」

彼はバン、と手を叩《たた》いた。

「一色さん？」

「そうか、それだ」

「何がですか?」

「最後の謎が解けたよ。多分ね」

清々しいような顔付き。こんなに深刻な話をしているのに、まるで研究上の発見をしたかのような喜びが見える。

医師が何だというのか。

「明日、待っているよ。全てを片付けてしまおう」

一色は、自信に満ちていた。

犯人が『彼』であるという確証を持っていた。

彼の言葉で、彼が誰のことを名指ししようとしているのか気づいてしまった俺には、その確証がはっきりとするまでは、信じたくなかった。

「わかりました。では明日、午後一時に迎えにあがります」

信じたくないからこそ、その解答をこの目で知りたかった。


翌日、俺は朝一番に署に向かうと、森さんに説明した。

「ほんの少しですが、解決の糸口があるかもしれないんです。一つ試してもいいでしょうか」

全て真実を話すことはできないので、知り合いの医師が、死亡についての質問をしてみたいらしいのだと告げた。

森さんは反対することなく、俺の提案を受け入れてくれた。

「もう何でもいいよ。その先生が何かを見つけてくれるんなら」

午後一時少し前、俺は車で一色さんを迎えに行った。

スーツに身を包んだ彼は、医師といえば医師に見える。その後署に戻って森さんと引き会わせた時、森さんも疑いはしなかった。

「今回はお世話になります。よろしくお願いします」

と、頭まで下げていた。

今日は俺がそのまま運転して本郷邸へ向かう。

事前に連絡を入れていたので、屋敷では本郷氏と広瀬が待っていた。優香は同席の必要がないと一色が言うので、無理に同席を求めなかったら、今日も朝から出掛けているらしい。

「本日はお忙しいところ、お時間いただき、ありがとうございます」

俺がそう切り出すと、本郷氏は頬のこけたその顔に穏やかな笑顔を浮かべた。

「いやいや、事件解決のために働いていただいているのですから、時間を作るくらい何でもありません。それで、本日は尋ねたいことがあるとのことでしたが？」

「はい。こちらの一色先生が」

彼が警察官ではなく、医師であることを告げると、本郷氏は軽く頷《うなず》いた。

胸が、苦しい。

この可哀想な父親を更に苦しめるだけで終わらなければいいのだけれど。

「一色と申します。どうぞよろしく」

「いや、こちらこそ。よろしくお願いいたします」

軽く挨拶《あいさつ》を交わした後、一色は本郷の背後に立っている広瀬にも、ソファに座るように促した。

広瀬が座ると、一色は眼鏡を摑むように親指と薬指でクッと持ち上げてから口を開いた。

「早速ですが、本郷さんの余命はあとどれぐらいなのでしょうか？」

その一言に、その場にいた全員が息を呑んだ。

「何を…」

「警察があなたの掛かり付けの病院を調べて医師に尋ねればすぐわかることです。今更隠す必要もないでしょう？」

余命？

死ぬ？　本郷氏が？

「私が見たところ、長くてもあと数カ月だと思うのですが、どうです？」

一色は事実を知っているというように続けた。

広瀬が何かを言おうとして拳を握る。本郷氏がそれをたしなめるように手を重ね、静かに頷いた。

「あと三カ月ほど、と言われています。ですが、私は会社を経営しておりますので、健康状態は公表できないのです」

本郷氏は、自分の死を認めた。

「癌《がん》、ですか？」

「そうです」

どういうことだ。どういうことだ。どういうことなんだ？

「あなたのその変貌《へんぼう》ぶりを、世間では子供を失った悲しみと見ているようですが、実際は癌の末期症状だったというわけですね」

それには答えはなかった。だが一色はそんなことなど構わずに続けた。

「ずっと考えていたんです。子供が小さいうちの方が殺人は行いやすい。なのにどうして今になって行動を起こすのか、と」

そして更にその言葉は、俺と森さんを驚かせた。

いや、俺は昨日の会話で一色が本郷氏を疑っていることを察していたが、森さんにとっては青天の霹靂《へきれき》だろう。

「自分の死期が近づいたことを知って、慌てて行ったわけだ」

「ちょ…、ちょっと、一色先生。あまり失礼なことを…」

森さんが慌てて彼を諌《いさ》める言葉を口にしたが、彼は無視した。

「被害者はいつも、襲われることに対して無防備だった。それも当然でしょう。実の父親が近づいてきて警戒する者はいません。警察が警戒を促して、不審な人物に注意するように言っても、父親を不審な人物にカテゴライズもしない。あなたが車椅子を使うようになったのは、長男が亡くなってからだそうですね。その時には、まだ外を歩くことができた。次男や三男は部屋で殺されたのだから、家の中にいるあなたには彼等を訪れるのは簡単なこと。刺した時の返り血は風呂場で洗い流せるし、着替えはふんだんにある。自宅ですから」

言われて、俺は本郷氏の部屋にあった簡易のシャワーブースを思い出した。

風呂場は侵入経路かもしれないと入念に調べただろうが、三階のあの小さな空間は血痕反応を調べることはなかっただろう。

「…私にはアリバイがあります」

「ええ、可哀想に」

「可哀想？」

「あなたではなく、広瀬さんが、ですよ。もう養子の届け出は出されたんですか？」

「出しました」

「では彼は犯罪者の息子、になったわけです。そして第三者から家族になったことで、彼の証言は無効になるでしょう。親子関係にある者の証言は採用されない」

その通りだ。

証言当時は無関係であったとしても、今はそれを信用はできなくなってしまった。

「しかもあなたは広瀬さんのアリバイを証言することによって、自分のアリバイを証明したに過ぎない。広瀬さん、あなた本郷さんに利用されたんですよ」

「違います、社長は…！」

激高する広瀬に対して、一色はあくまで冷静だった。本郷氏も、表情に大きな変化は見られなかった。自分が殺人犯だと言われているのに、怒りもしない。

「もしくは、あなたがこの犯行の引き金になったと言ってもいいのかもしれません」

「私…、が…？」

「あなたが優秀だから、天涯孤独だから、本郷さんは心が動いたんです。あなたを跡取りにしたい、と」

もう、俺も森さんも口を開かなかった。

荒唐《こうとう》無稽《むけい》と聞こえた彼の発言に対する二人の態度が、最後までこの推理を聞いてみようという気持ちにさせたので。

「私が何故自分の子供を殺さなくてはならないんです」

本郷氏の声は、表情と同じく落ち着いていた。少し引きつった痩《や》せこけた頬は微笑んでいるかのようにも見える。

「あなたもまた、本郷の家の人間だった、ということでしょうね」

「異なことを、私は本郷の家の当主ですよ?」

「だからこそ、家名を守りたかった。本郷の家の人間を『異常』と定義するなら、その異常の中であなただけが正常だった。正常に見えた。だが考えようによっては、異常の中に存在する正常こそが『異常』と言える。つまりあなたの異常は、『正常であろうとすること』なのではないかと私は考えた。そうすれば、全てがすっきりとする。丁度、本棚の本の高さがぴったりと揃ったみたいにね」

殺された隆一が金に執着していたように、本郷氏は『正しくいよう』ということに執着したということか。

「私は異常ではない」

「あなたの子供も、異常というほどではなかったと思いますよ。あの程度のワルならどこにでもいたでしょう。でもあなたには許せなかった。自分の血が連なる者達が全て自分の『正しさ』に合わなかったから」

一色は小さく息をつき、軽く指を組むと、座っていたソファに背をもたせた。

「私の考えはこうです。あなたは自分の子供達を許容できなかった。揃いも揃って、自分の『正しさ』から外れる子供が。それでも、理性からか、世間体からか、ずっと我慢し続けていた。そこに現れたのが広瀬さんです。真面目で、自分を敬愛してくれて、理想の息子だ。しかも彼には両親がおらず、養子として自分の息子に迎えることができる。あなたの心は揺れた。更に、自分の命が短いとわかったことも背中を押したんじゃありませんか？　自分が死んだら、あのバカな子供達がこの家を継ぐ。きっと全てを食い尽くす。犯罪すら犯すかもしれない。血を嫌っているあなたは、その血を断ち、新しく『本郷家』を広瀬さんに託したいと思った」

「社長が殺人を犯した証拠などありません！」

それまで黙っていた広瀬が、堪らなくなったように叫んだ。

「それは今まで『可哀想な父親』だったからです。容疑者となれば別です。凶器はどうしました？　まだ捨てていないでしょう？　二人目の息子を殺した時の紐は？　あなたの身長と隆一さんの刺し傷の角度の検証もできる。私としては、その車椅子に凶器が隠してあるのではないかと睨《にら》んでいるんですがね。警察に見つかることを恐れるなら、肌身離さず持ち歩くのが一番ですから」

車椅子は、確かに捜索の対象からは外されていた。一色の言う通り、警察では本郷氏を疑う声は上がらなかったので。

「生存に適さない個体は排除する。それが群れが生き残るための本能です。あなたは『本郷家』という群れを守るために、不適合体を排除した。そして外から得る新しいものに群れを任せることにした。あなたにとって『本郷家の血』より『本郷家の名』の方が優先だった」

痩せ衰え、悲しみに憔悴していた老人の顔が、ゆっくりと変貌する。

力無く落とされていた目が、カッと見開かれ、口に高慢な笑みが浮かぶ。

凄《すさ》まじい、と呼ぶに相応しい、ゾッとするような笑みが。

般若《はんにゃ》だ。

「あと一人で綺麗に塗り替えられるはずだったのに…」

本郷氏の口から零《こぼ》れた声は、低く唸《うな》るような響きだった。

「そうだ。私が殺したのだ」

「社長…！」

「君が言った通り、私は死ぬ。だがあんな愚かな子供達に、この家を任せるわけにはいかなかった。私の両親、私の妻、私の子供。財産や土地を守るために近親婚を繰り返した本郷の家は、皆愚かな人間ばかりだった。だが私は『まとも』だった。私が、今のこの本郷の家の繁栄を築いたのだ。父が傾かせた家を、私が立て直したのだ。なのに子供達がその努力を無にする。あれらの母親と同じように」

以前、本郷が優香を語る時、母親にそっくりだと漏らしたのを思い出した。

あの時彼に表情はなかったが、心の中にあったのは憎しみだったのか。

「私は罪を犯した。自分の子供でも、愚か者でも、殺人は殺人だ。この家は広瀬が何とかしてくれるだろう。だから罰を受ける覚悟はできている。どうせ短い命だからな」

余命三カ月というのならばそうだろう。ここで逮捕しても、裁判の途中で亡くなるか、容体によっては、病院へ収監中に亡くなるかもしれない。

監獄を味わうことなく死ぬつもりなのだ。

「残念ながら、広瀬さんがこの家を継ぐ可能性は薄いでしょう」

「何だと?」

一色の言葉に、本郷は身を乗り出した。

「この子は私の子供だぞ」

「本郷さん、彼に殺人を手伝わせたでしょう。彼もまた犯罪者だ」

「広瀬は誰も手にかけていない！」

「あなたを殺人の現場へ連れて行ったり、血に汚れた衣服を始末したり、偽のアリバイを証言したりした。彼がどういうつもりでそれに手を貸したのかはわからないが、立派な共犯者だ」

それはわかる。

憎しみだ。

バカな金持ちの子供に対する憎しみが、彼の中にあったからだ。それに本郷への敬愛と、もしかしたら金銭的な欲も加わったのかもしれない。

「私も法律にはさほど詳しくはないのだが、民法で、故意に先順位相続人を死亡させた者、または死亡させようとした者は相続欠格者となる。つまり、義理の兄弟の殺害に手を貸した彼には相続権がなくなる」

「そんなバカな！」

本郷は車椅子から立ち上がり、一色に食ってかかろうとした。

慌てて森さんがテーブルを回り、本郷を取り押さえた。

「本郷さん、詳しいお話を伺いたい。署までご同行願えますね？」

腕を掴まれた本郷は、へなへなと車椅子へ崩れ落ちた。

「…違う…、私は…」

「広瀬さん、あなたも同行していただけますね？」

広瀬の隣に立ち、俺が声をかけると、広瀬は静かに頷いた。

「行きます。全てお話しします」

「広瀬…！」

「社長。もう終わりにしましょう。もう……」

「広瀬……」

本郷にとって、広瀬は正義だったのかもしれない。彼の言葉に項垂《うなだ》れると、従うようにそのまま黙ってされるままになった。

これで終わりだった。

これが、凶悪な連続殺人の幕引だった…。


一色の読み通り、凶器のナイフは本郷の車椅子のシートの中から発見された。指紋や血痕は綺麗にふき取られていたが、特殊な形状の刃が傷口と一致した。

返り血を浴びた服は、細かく切り刻んで、広瀬が本郷の部屋のトイレから流したということだった。

次男の修次を絞殺した紐は本郷のガウンの腰紐で、これはガウンに通してクローゼットにかかっていたが、二本より合わせた太い紐のうちの一本を、服と同じく刻んで流したらしい。

家の中にある紐状のものは全てチェックしたはずなのに引っ掛からなかったのは、そのせいだろう。

悲嘆にくれ、痩せ細ってゆく可哀想な父親を捜査対象から外したことを、皆が後悔した。病気のせいだとわかっていれば、そんなミスは犯さなかったのに、と。

広瀬と本郷の関係をもっと疑っていれば、二人が相互にアリバイを証明していることも、おかしいと思えただろうと。

本郷はまるで抜け殻のようになり、病状も悪化し、入院した。

逃亡の恐れは無しと見られ、保釈請求が受け入れられ、警察病院ではなく彼の掛かり付けの病院への入院だった。

意外だったのは、保釈請求を出したのは優香で、彼女は病院へも足しげく通った。

犯行の全ては広瀬が語った。

始まりは、隆一が当て逃げをしてきたことだった。警察に届けることもせず、車を修理に出した姿を見て、広瀬が彼をなじった。それを見ていた本郷が、彼に囁《ささや》いたのだ。

あの子は生きている価値がない、と。

金持ち息子の起こした交通事故で両親を亡くした広瀬は、その囁きに同意してしまった。

玄関先で隆一が戻って来るのを広瀬が待ち構え、他の者に姿を見られる前に本郷が出て行ったまま戻らないと連れ出し、道路に蹲《うずくま》る本郷に隆一が駆け寄ったところを本郷が刺殺。

修次は就寝中に本郷が絞殺。

同じく、啓三も就寝中に刺殺したが、既にしたたか飲んでいた啓三のところに本郷が酒を持って訪れ、お前を跡取りにしようと思うと告げた。それに気をよくした啓三が更に酒を飲んで酔い潰れたところを殺害した。

養子の話は、後から出たのだそうだ。

修次を殺害した後、お前のような子が跡を継いでくれたら、と。

「金銭的な欲求はありませんでした。ただ、社長が亡くなるまで、社長に息子として安らぎを与えてあげたかったんです。あいつ等が社長を苦しめていたのを見てましたから」

広瀬は善意の人だった。

ただその善意が、どこかで曲がってしまっただけで。

二人を起訴して身柄を検察に移すと、俺達の仕事は終わりだ。

捜査本部も解散し、森さんともお別れ。

「パソコンを教えてもらえてありがたかったよ。それと、あの先生にもな。本郷の病気を見抜くなんて、さすがお医者様だ」

森さんは、一色をまだ医師だと思っているようだったが、その誤解は解かなかった。

部外者を連れて行ったことは問題があるかもしれないから、二人だけの秘密にしておいてください とお願いした。

「総監賞がもらえるかもしれないのに？」

「あの人は、そういうのに興味がない人ですから」

「そうか。じゃあ、清白からよろしく言っておいてくれ」

一色には、自分も心から感謝している。

彼の協力がなければ、本郷は優香も手にかけていただろう。

けれど…。

全てが終わっても、一色のところに行くのを躊躇《ちゅうちょ》していた。

自分の発言を後悔して。

『全部終わったら、俺の全てを自由にできるんですから』

そう言ったのは自分だ。

あの時は切羽詰まっていたからそれでもいいと思っていたが、いざその日が来ると、気後れしてしまう。

『休みの前日に行きます』という言葉を盾に引き延ばしていたが、終《つい》に事件の全てが片付き、新しく大きな事件も起きぬまま休日がやってくると、覚悟を決めるしかなかった。

その日、仕事を終えると、俺は一度アパートに戻ってシャワーを浴び、スーツからラフな服に着替えて一色のマンションへ向かった。

重たい足取りのままエレベーターへ乗り込み、部屋を訪れる。

大好きな人のところに向かうのに、こんなに足取りが重たくなるなんて。

一色は好きだし、彼にキスされるのも嫌ではない。でも、俺の全てを自由にしようという彼が何をするつもりなのかが怖いのだ。

インターフォンを鳴らし、彼に迎えられ、部屋に入る。

「やっと来たな」

玄関先でそう言って俺を抱き締めた一色は、まず軽く耳にキスした。

「今夜こそ、泊まって行くだろう？」

「はい。覚悟は決めてきました」

「…何げに失礼だがいいだろう。では入りなさい」

「その前に、一つだけ訊いてもいいですか？」

俺が言うと、彼の端正な顔が曇った。

「また仕事の話か」

「はい。でも警官としてではなく、俺の個人的な疑問です」

「個人的ならいいだろう。それで？　何が知りたいんだ？」

俺を先導する一色は、いつものリビングを抜け、そのまま寝室へと連れて行った。

大きなベッドの端に腰を下ろし、枕元のタバコを取って咥《くわ》えようとするので、「後でキスするつもりなら、タバコは止めてください」と注意した。

一色はおとなしくタバコを戻し、こちらへ向き直る。

「質問は？」

「何時《いつ》、本郷が犯人だと気づいたんですか？」

「気づいたわけではない。推測しただけだ」

「それは何時です？」

「そんなことを知って何になる？」

と言ってから、彼の表情が『ああ』というように動いた。

「忘れた」

「そんなの、嘘です」

「忘れたよ」

一色は前かがみになって隣に座っていた俺の足首を取ると、グイッと高く持ち上げた。

「あ」

突然の行動に身体が反応できず、バランスを崩して仰向《あおむ》けにベッドへ倒れる。それでも彼は俺の足を離さなかった。

「一色さん」

捕らえた俺の足首に顔を寄せ、彼が足の甲にキスをする。

微《かす》かな感触にくすぐったくて鳥肌が立った。次の瞬間、彼は俺の足首に齧《かじ》り付いた。

「痛ッ」

本当に痛かったわけじゃない。噛《か》まれた、と思って反射的に出た言葉だ。

「過ぎたことを考えるのは、生産性の低いことだ。建設的ではない」

俺の足を持ったまま、ズボンの裾から手を入れてふくら脛《はぎ》を摑む。

「もしも、君が『もっと早く私に訊いていれば、幾つかの殺人が防げたのに』と思っているのだとしたら、そんなことは無意味だ、と言っておこう」

図星を指されて顔が熱くなる。

「でも…」

身体を起こして反論しようとしたのだが、足を持ち上げられたままだったので、起き上がることはできなかった。

「ただ、どうして気づいたのかは教えてあげよう。私は感情を持たずに物事を見た。一番合理的な答えは何か、と考えたのだ」

彼はベッドに上がり、俺の足を投げ捨てた。

「その結果、二人目が殺された時、殺人は内部の人間の犯行と考えるのが妥当と判断した」

眼鏡を外し、タバコの置いてあったサイドテーブルの上にそれを置く。

見え辛くなったのか、目を細めるので、その眼差しは鋭利なものになった。

「殺人は異常な行動だ。では誰が『異常』か。家族が一人一人殺されていく中で、落ち着いて悲しみに浸っているだけの男は、私には普通には見えなかった。恐怖を紛らわすために酒に溺《おぼ》れたり、殺人のあった家に居たくないから外へ出ることは、脅える人間としては当然の行動だ。だが、苛立《いらだ》つことなく、殺人のあった家に引きこもり、坦々と生活をしてゆく人間は正常だろうか？」

　仰向けになった俺の上に覆いかぶさり、上からその冷たい視線で覗き込む。

「そう思った時、全てまともではない本郷の家にあって、まともに見える者は、まともさが異常なのではないかと考えた。我々がまともだと思っていること自体が異常さの表れなのでは、と。だとすると、その異常さは正義に対する潔癖ではないかと思われた」

　喋りながら、彼の顔が近づき、耳にキスをする。

「う…」

　くすぐったい。

「もしも、その人物が異常であるならば、殺人という異常を執り行っても、それが正しいことなのだと考えて怯えたり逃げたりすることは考えないだろう。そこで仮説を立てた。彼が犯人ならば犯行は可能か、と」

　耳にキスした唇が、頬へ、顎へと移動する。

「可能だったわけですね…？」

「一番納得がいく、とは思われた。だが、まだ別の選択肢も残っていた。実行できるほどの殺意を抱くというのは常人には理解しがたい。だから、今日のご飯の味付けが不味《まず》かった、というだけで殺意に至る者もいるだろう。そんなところまでは私には考えられない」

「でも、本郷が犯人である可能性は考えた」

「考えただけでは立証にはならない」

手が、俺のシャツのボタンを外し、中へ滑り込む。

今日は薄いブルーのグラデーションのシャツを着ていた。その中で、彼の指が動き出す。

「くだらない後悔をするぐらいなら、私を恨めばいい。どうしてもっと早く教えてくれなかったのか、と」

「そんなこと…」

「私を恨むことができないなら、もう忘れてしまえ」

指が、俺の胸の先を摘《つま》んだ。

微かな痛みと共に、疼《うず》くような感覚が生まれる。

「私に抱かれるというのに、他の男のことを考えているかと思うと、腹が立つ」

「それとこれとは…」

「一緒だ。私の腕の中にいる時は、私のことだけ考えなさい」

「でも…」

「それとも、考えられないようにして欲しいかね?」

「一色さん」

そう言うと、彼は身体を離して起き上がり、俺のシャツのボタンを全て外した。

「ちょっと待って…！」

ズボンにも手をかけ、ボタンを外す。

ファスナーに手がかかったところで、俺は彼の手を握って止めた。

「待ってくださいって言ったでしょう」

「もう待たない」

彼は怒ったように言った。

「一体、どれだけ待ったと思う？」

いや、実際怒っていた。

「いいか、私は君の仕事を尊重している。君の意思もだ。だからアメリカから戻ってすぐに清白を抱きたいと思っていたのを我慢して今日まで待ったんだ。でなければ呼び出しの電話がかかってこようがどうしようが、君を押し倒してセックスするぐらいのことはできる」

俺は合気道の有段者だから、それは無理っぽいが反論はしなかった。

「ずっと触れたい、自由にしたいと思い続けながら、ずっとお預けをくらっていたのだ。この私が、ずっと我慢していたんだぞ。それなのに、ベッドに入ってまで他の男のことを考えて、まだ『待て』という。一体いつまで我慢させればいいんだ？　そんな話がしたいなら、私を満足させてからにしてくれ」

「…そんなに俺が欲しいんですか？」

「決まってるだろう。私は清白を愛している。愛してる人間を抱きたいと願うのは、当然の欲求だ。そのために私は調査もしたんだ」

「調査って…、事件の？」

「なぜ私が殺人ごときの調査をしなければならない。それは警察の仕事だろう」

「では何の？」

「もちろん、君が痛がることなく私を受け入れられる方法だ」

自慢げに答える彼に、一瞬絶句した。

「初めてした時に、痛くて立てないと言っていたから、肉体的な苦痛のともなわない合体方法を探してやったんだ。その点では、清白と離れてアメリカへ行った甲斐《かい》はあったな」

言うなり、彼は眼鏡とタバコの置いてあるサイドテーブルの下にある扉を開け、中身をベッドの上に並べ出した。

「弛緩剤《しかんざい》の入ったジェル、乾きにくいローション、慣らすためのアナルバイブ、これはコックリングと言って、男性器の根元に装着するらしい。そうすると射精ができずに快感が持続し…」

「もういいです！」

「ゲイの友人に、詳しく快楽のツボも聞いてきたぞ」

自慢げに胸を張る一色に、ため息が漏れた。

そうだった。この人はこういう人だった。

学者バカとは言葉が悪いが、率直で、物事を学術研究と同じように扱い、一般的な思考とはどこかかけはなれたことを考える人なのだ。

「ローションはともかく、バイブなんか使ったら、もう二度と寝ませんからね」

「どうしてだ？　これで慣らした方が痛みは少ないらしいぞ」

「俺は快楽を得るためにあなたに抱かれるんじゃありません！　一色さんが好きだから抱かれるんです。快楽を追求するだけの道具を身体に入れるつもりはありません」

「つまり、痛くてもいいから私だけしか受け入れたくない、と？」

「いえ、そうは…」

彼は、わかったというようににやりと笑った。

「では私のテクニックだけで、君に快楽を与えられるように努力しよう」

…どうしてこんな人を好きになっちゃったかな。

仕事をしている横顔はかっこよかった。推理を語る時も、憧れるほどだった。でもこうしてバカみたいなことを自慢する姿は…、可愛くて仕方がない。

こういうのを、ギャップ萌《も》えというのだろう。

「あ…」

呆れている間に、彼の手は俺のズボンのファスナーを下ろした。

「まだいいとは言ってませんよ！」

「今日は全て私の自由にしていいはずだ」

やっぱり覚えていたか。

「私のことだけ、考えていなさい」

強引にズボンと下着が引き下ろされる。

「あ」

そして彼は俺を含んだ。

何を言っても、彼に触れられることが嫌なわけではない。

こうなることを見越して、自分だってわざわざシャワーを浴びてきたのではないか。

ただ、強引だから素直になれないだけなのだ。

「う…」

舌が俺のモノを丁寧に舐《な》める。

「一色さ…」

直接的な愛撫《あいぶ》は、俺の快感を直撃した。

こんな状況では、確かに彼のこと以外考えられない。こういうことをしながら他のことを考えられるほど、俺は性体験のスキルがないのだ。

綺麗な顔立ちの彼が、長い舌を使って俺を慰める様を見ていると、胸が疼く。

反応は顕著に表れ、目の前で自分のモノが勃《た》ち上がってくるのが見える。

それを摑んで、彼は先を舐めた。

「…っ」

視覚と触覚の両方が、その気にさせる。

「や…、待って…」

彼はまだ服も脱いでいないのに、自分だけが快楽の海へ投げ込まれる。

溺れてもがくように、襲って来る快感に抵抗しようとシーツを握った。

本当は彼にしがみつきたかったのだが、下半身に顔を埋める彼には手が届かなかった。

「ここがいいらしいが、どうかね?」

言いながら、彼の指が女性ならば入口がある場所を強く押す。もちろん、俺の先を舐めながら、だ。

どちらの刺激なのかわからないまま、そこに熱が集まる。

「女性のクリトリスと男性のペニスは同じものらしい。女性の快楽はインサートよりもクリトリスによって得られるそうだから、男性が…」

「俺を抱いてる時に女性の話をしないでください…！」

ああ、ハマッてしまう。

「…俺は女性じゃないんですから」

彼に、彼の言葉の罠《わな》に。

これでは妬《や》いてるとしか思えないではないか。

でも、彼が女性とこういうことを、と思うと胸がチリチリするのは事実だ。

「そうだな、私も他の男の話題は不快だったのだから、謝罪しよう」

傍らに並べられた英語の書かれたジェルのチューブに手が伸びる。

それの利用方法はわかっているのに、それを取り上げることができない。抵抗することもできない。

だって、約束だから。

自由にさせると、自分が言ってしまったから。

彼が…、好きだから。

「言っておくが、単なる性欲だけで君を求めているわけじゃないぞ」

冷たいジェルが、自分に塗られる。

冷たさはすぐに消え、ジェルが体温で溶け、塗り広げられるのがわかる。

「性欲だけなら、他の者で済ませることだってできる」

塗り広げる指は後ろを弄《いじ》り、するっと、先を中へ滑り込ませた。

だが奥までは入らず、すぐに逃げてゆく。

「私が欲しいのは清白だけで、この行為は愛情故のものだ」

「……わかってます。でなければあなたをベッドから蹴り出してます」

「ここは私のベッドだぞ」

「これは俺の身体です」

「ふむ。然《しか》り、だな」

指先は何度か侵入を試み、そのたびに失敗したのか、遠慮したのか、すぐに出てゆく。いつしかそれが刺激になり、むずむずし始める。

さっき呼び起こされた場所は、ほったらかしにされ、こちらももどかしさを生む。

でも、『触って』とは言いたくなかった。

「ん…っ」

十分にその周囲にジェルを塗りたくると、彼は身体を起こして俺の目の前に戻ってきた。

「さあ、私だけにしか見せない顔を見せたまえ」

見つめ合って重ねた身体の間で、手が動く。

「君が私のものだという証《あか》しを」

片方の手が胸を探り、もう一方が放置していた場所へ伸びる。

あちこち触られて、感覚は鋭敏になり、挿入されることを望んでいるわけではないのに弄られた入口に物足りなさを覚える。

「あ…」

開かれたシャツの胸にキスの雨が降る。

あっと言う間に、身体は熱っぽく燃え、刺激に酔い始める。

「脚をもっと開いて」

おずおずと言われた通りにすると、彼の身体がその間に収まる。

きちんと撫《な》でつけていた彼の前髪が俺の胸に擦れて乱れた。

彼が、よく俺の乱れるのを見るのが好きだと言うのを聞いていて、悪趣味だと思った。でも今は少しわかる。

仕事をしていたあの横顔は、彼の大学の研究室にいる者は皆知っているだろう。普段の怜悧《れいり》な姿も、多くの人が知っているだろう。

でも、こうして身だしなみなど関係なく自分を求めまくる様は、恋人である自分しか知らない。

その優越感に似た喜び。

「シャツの…、ボタンが痛いです」

訴えると、彼は身体を離して自分のシャツを脱ぎ捨てた。

白いシャツは大きく空中で広がり、そのままベッドの下へ消えてゆく。

いつもは落ち着いて行動する彼が、乱暴に服を脱ぐことすら、特別な感じがして嬉しい。

「うつ伏せになれるか？　バックからの方が負担が少ないらしい」

彼の顔が見えなくなるのは寂しいが、初めて彼のを受け入れた時の痛みを思い出すと、それが軽減される方を選んだ。

柔らかな羽根枕に顔を埋め、それにしがみつくように両手で握り締める。

彼が何をしているか見えない状況で、触感だけが行動を伝える。

「腰を上げなさい。膝を曲げて」

また新しくジェルが塗られ、指が入り込む。

今度は驚くほど抵抗なく、深く入り込む。

「う…」

そういえば、さっきジェルには弛緩剤が入ってるとか言っていたっけ。それが効いてきたということなのだろうか？　それとも、自分が彼を受け入れることを許しているからだろうか。

指が中へ入ると、場所を確保するかのように動き出す。

内壁を探られ、力が抜ける。

同時に手は俺の前も握った。

「あ…」

手のひらで優しく包み、扱かれ、男としての快感を味わう。

けれど、その時にも指が中にあるから、奇妙な感じだった。

「ん…。う…っ」

呼吸に合わせて、そこがヒクつく。

彼の指を締め付けたいわけではないのに、強く咥え込む。

「ああ…、あ…。や…」

掠《かす》れた声が、上ずってゆく。

ズルイ。

前を触られれば男として感じてしまう。それを利用して後ろを開発しようとするなんて。後ろを弄られて感じるような身体ではないはずなのに、ジェルのせいで痛みが軽いから、まだ細い指だけだから、感じてしまう。

指。

キーボードを叩く指、タバコを持つ指、カップを運ぶ指。

細く白い、学者らしい彼の指。

それが今、俺の中で動いている。

「ああ…っ」

弄られるようにその想像が俺を煽《あお》る。

絶妙にイかせないようにコントロールしながら、彼は俺をもてあそんだ。

遊んでるつもりはないのだろうけれど、『もてあそばれてる』という感覚になるのは、まだ彼が彼自身を満足させる行為を行っていないせいだ。

シャツは脱いだけれど、前は開けているのだろうか？

俺で勃起してくれてるのだろうか？

枕にしがみつき、シャツ一枚で剝《む》き出しの腰を上げ、彼に好きなようにされながら身悶《みもだ》える姿を鑑賞しているだけではないだろうか？

一人声を上げる自分が、酷く淫乱《いんらん》になった気にさせられる。

「あ、あ、あ…。、一色さん…っ」

だって、気持ちがよくなってる。

彼に弄られることが悦びに変わってゆく。

なのにどうして、彼は俺をもてあそぶだけなのだろう。

乱れた姿を見るだけで満足してるんだろうか？　俺が欲しいと言っていたのに。

こんなことを考えるなんて、自分はおかしい。男に身体を任せることに抵抗を感じていたはずなのに。

快感に溺れながら僅《わず》かな悔しさを感じた時、一色の身体が背に重なった。

「…もう我慢できない」

感じる彼の重み。

「まだ痛むかもしれないが、許してくれ。もう少し忍耐力があるかと思ったんだが…。清白が魅力的過ぎる」

シャツを捲り、彼が背中にキスした。

唇の感触に鳥肌が立つ。

指を引き抜いた場所にまた手が伸びて、周囲の皮膚を引っ張るようにして広げる。

「お前を傷つけたくはなかったのに」

いつもは『君』と呼ぶ彼に『お前』と呼ばれてゾクリとした。

それが精神的な快感だと気づく前に、彼のモノが当たるのを感じる。

身構えて、力が入ってしまったはずなのに、当てられたモノが自分の中に入ってくる。

「う…っ」

痛みを全然感じないわけではなかった。

前の時より痛みは薄かったが、無理に広げられた場所に受け入れるには、彼のモノは大きかった。

指先で弄られていたのとは訳が違う。

でも、彼は止まらなかった。

自分も、止めてと言わなかった。

「あ…。あ…っ。い…っ」

枕を摑む手に力がこもる。

一色の手が俺の腰を摑み、引き寄せる。

「あ…っ」

内側に感じる異物。

それは『彼』なのだ。

この目で直《じか》に見るよりも、自分とつながっている彼の姿を想像する方が追い上げられる。

更に彼がゆっくりと動き出すと、肉体の感覚も重なった。

「や…。あぁ…」

中を突かれて声が上がる。

身体が動く度に、挿《い》れられたモノが抜かれ、また入り込み、皮膚を、粘膜をこすってゆく。

それだけでも苦しいのに、深くまで咥え込ませたとみるや、腰を捕らえていた手が動きだし、更に俺を苦しめた。

「やぁ…」

前を握り、刺激を与える。

シャツの中に差し込み、背を、脇腹を撫でる。その指先が胸に届き、硬くなった胸の先を弾くように弄る。

「あ…。い…」

「『いい』？『いや』？」

問いかける彼の声も掠れていた。

「どちらでも、もう関係ない」

身体が揺れる。

彼が何度も突き上げるから。

「この手が、清白が感じていることを教えるから」

そう言って前を強く握られる。

先からは、もう我慢できずに露が漏れ、彼の手を濡らした。

指が動くと、それが微かな音を立てる。

自分の耳には届くけれど、彼の耳にも届いてしまっているだろうか？　俺が、感じていて、悦んでいるという証しの音が。

「清白…」

恥ずかしい。

「すまない。一度お前をイかせてからにしようと思ってたのに…」

ぴったり寄り添って来る身体。

シャツが捲られたままだから、彼の肌を直接背中に感じる。

耳元に彼の息遣い。

もう、どうでもよかった。

恥ずかしいとか、みっともないとか、彼が強引過ぎるとか、こういうことを望んでるわけじゃないとか。言い訳がましい思考が、みんな消し飛んでしまう。

「一色さ…」

重なった身体が、一緒に揺れる。

中にある彼のモノがグリっと何かに押し付けられる。その瞬間、全身に鳥肌が立った。

「あ…。いい…っ」

正直な声が漏れた。

ああ、そうだ。

彼に抱かれるのは気持ちがいい。

求められるのは心地いい。

全然抵抗がないわけじゃないけれど、拒むことが考えられないくらい気持ちいい。

負けた。

「一色さん…っ」

快感に、彼に、負けてしまった。

でもそれでもいい。

今日は自由にさせる約束だから。

今自分を抱いているのは、自分が全てを委《ゆだ》ねてもいいと思った相手だから。

「中で射精していいか…?」

この状態でそんなことを言う彼でも。

「や…、です…っ」

この状態でも俺の言葉を聞き入れてくれる彼だから。

「……………わかった」


「一日自由にしていいと言ったのだから、二十四時間は清白は私のものだ」

という理屈で、一色は俺を好き勝手にした。

体力はある方だと自負する俺が、全身痛みと筋肉疲労で起き上がれなくなるほどに。

「すまなかったな。今までの我慢が溜まっていた結果だ。これに懲りたら、もう少し小出しに私を満足させてくれ」

ぐったりとベッドに横たわる俺の横、きちんと服を着てコーヒーを運んでくれるけれど、相変わらずの上から目線の物言い。

ホント、こういうところは腹立たしい。

「キスぐらいでいいですか…」

「インサートなしのセックスは？」

「無理です」

「だがこんなに会えない日々が続くんなら、キス程度では…。ああ、そうだ。それなら一つだけ君の希望を叶える方法がある」

「俺の希望？」

「インサートありのセックスを控えて、なるべくキスだけで我慢する方法だ」

一色は妙案だという顔で微笑んだ。

眼鏡ごしのその笑顔がアヤシイ。

「…何です？」

どうせロクでもないことだろうと思って睨みつけると、彼は満面の笑みを浮かべて言い放った。

「君が私と同居する、ということだ。それなら、毎日会えるし、少ないチャンスを見逃すこともないだろう。もちろん、君の部屋は個室にして鍵もつけてあげるし、電話も回線を引いてあげよう」

この人には、いろいろ考えさせられる。

かっこいいと思ったり、憧れたり崇拝したり、頼りにしたり、反発したり。萌えたり、怒ったり、ほだされたり、悩まされたり、呆れたり。

「どうだね？　いい案だろう？」

でもきっと、そういうことを全部消し去る呪文のような言葉が一つあるから、こう言ってしまうのだろう。

「…考慮しておきます」

あなたが好き。

単純明快で、唯一の真実の言葉が。

あとがき

皆様初めまして、もしくはお久しぶりでございます。火崎勇《ひざきゆう》です。

この度は『理不尽な恋人』をお手にとっていただき、ありがとうございます。

イラストの駒城《こましろ》ミチヲ様、素敵なイラストありがとうございます。担当のA様、色々とありがとうございました。お二人には色々とご迷惑をおかけしてすみませんでした。

さて、このお話、お気づきの方もいらっしゃるでしょうが、同社刊の『理不尽な求愛者』の続編となります。

前作でめでたく恋人になった一色《いっしき》と清白《すずしろ》ですが、すぐに甘い生活…、とはいかなかったようです。彼らはそれぞれ自分の仕事に誇りを持っているので、どうしても仕事優先となってしまうのです。

普通ですと、受けの方が仕事に没頭する攻めにちょっと不満が、となるのでしょうが、この二人は一色の方がヤキモキしてしまいます。仕事と私とどっちが大事なんだ、とは言いませんが、仕事より自分を優先してくれればいいのに、ぐらいは思っているかも。

でも、仕事をしている清白が大好きなので、あまり文句も言えません。

一色は決して探偵になりたいわけではなく、清白の仕事に首を突っ込みたいわけでもないのですが、恋人の時間を作るためならこれからも捜査協力はするでしょう。でも清白は、彼がシロウトなので本当はあまり頼りたくはない。そんな微妙な関係のままです。

そんなある日、清白に目を付けた警察上部の人間が、清白に迫ったりして。君は優秀な警官であるだけでなく、可愛いね、とか何とか。それに気づいた一色とその上層部の人間との推理合戦とか。勝った方が清白を手に入れる、とか何とか。

でも翻弄されるだけではない清白ですから、その二人を出し抜いて清白が犯人を挙げて、選ぶ権利は俺にあります、と一色の手を取るとか。

犯人に愛された一色が清白に黙って犯罪を解決しようとしてるところを、清白が助けに入るとか。

とにかく、清白は受け身だけの人間ではないので、まだまだ一色の望む甘い生活は堪能できないかも。

そのうち、清白にちゃんとした長期休暇を取らせて旅行にでも行かせてあげたいものです。

旅先で事件に巻き込まれる、なんてことのないように…。

それではそろそろ時間となりました。また会う日を楽しみに。皆様ごきげんよう。

この本を読んでのご意見、ご感想を編集部までお寄せください。
《あて先》〒105－8055　東京都港区芝大門2－2－1　徳間書店　キャラ編集部気付
「理不尽な恋人」係

■初出一覧
理不尽な恋人……書き下ろし

Chara

理不尽な恋人

【キャラ文庫】

2014年7月31日 初刷

著者 火崎勇

発行者 川田修
発行所 株式会社徳間書店
〒105-8055 東京都港区芝大門2-2-1
電話048-451-5960(販売部)
03-5403-4348(編集部)
振替00140-0-44392

印刷・製本
カバー・口絵 株式会社廣済堂
デザイン 間中幸子

ISBN978-4-19-900761-3

好評発売中

火崎 勇の本

【ラスト・コール】

イラスト◆石田 要

革ジャンと黒いバイクで待ち合わせに現れる、男らしい美貌の恋人——けれど職業も年齢も謎!? セレクトショップの店長を務める篠森《しのもり》は、出会って三ヶ月の恋人・倉木《くらき》の素性を何も知らない。会えば情熱的に求めてくるのに、メールで呼び出されるたび置き去りにされてしまう。一体何を隠しているの…!? 傍にいられなくても、一言呼べば誰よりも早く駆けつける——大人のシークレット・ラブ!!

好評発売中

火崎 勇の本

【龍と焔】

イラスト◆いさき李果

「組を潰されたくないなら、俺の側で償え」ヤクザの若頭・森谷《もりや》に突然下った、上部組織・水月会《すいげつかい》への出向命令。ところが組長として待っていたのは、昔一度だけ抱いた男・堂園《どうぞの》だった!!　平凡な大学生だった彼が、なぜ極道の世界に——。驚く森谷に堂園は「俺は何一つ忘れていない」と艶めいた笑みで囁いてきて!?　予期せぬ再会は復讐の始まりか、愛執の果てか——極道同士のハードLOVE!!

好評発売中

火崎 勇の本

【足枷】

イラスト◆Ciel

足枷
火崎 勇
首を繋がれ、足枷を嵌められ
初恋の人に犯される――

優しかった初恋の人が、冷徹に豹変!? 社長の父を持つ、大学生の一水《かずみ》。ところがある日、何者かに誘拐されてしまう!! 見知らぬ部屋で拘束された一水のもとに現れたのは、父の元秘書で、謎の失踪を遂げていた三上《みかみ》。驚く一水だけれど、三上は「私が助けに来たと思うか?」と意味深に嘲笑!! 嫌がる一水を強引に組み敷いてきて!? 監禁された密室で、憎むように犯される――衝撃の束縛愛!!